Eva Hierteis

Miss Kiss sucht Mister Biss

Eva Hierteis

Miss Kiss sucht Mister Biss

cbj

Dieses Buch ist auch als E-Book erhältlich.

MIX
Papier aus verantwortungsvollen Quellen
FSC® C014496

Verlagsgruppe Random House FSC® N001967

1. Auflage 2017

Umschlaggestaltung: *zeichenpool, München,
unter Verwendung von
Fotos von © Shutterstock (photomaster (2×), Curly Pat)
kk · Herstellung: UK
Satz: Uhl + Massopust, Aalen
Druck: GGP Media GmbH, Pößneck
ISBN: 978-3-570-17429-6
Printed in Germany

www.cbj-verlag.de
Mehr zu cbj auf Instagram @hey_reader

1. Kapitel

… in dem ich in der Luft hänge, mich mit einer Kacktze rumschlage und fast einen Jungen erschlage

Ich hing in der Luft. An einem Ast. Man könnte auch sagen, ich baumelte von einem Baum. Das ist echt mal wieder typisch für mich. Nicht umsonst nennt mein großer Bruder mich Milly Panne statt Milly Anne. Warum muss immer mir so was passieren? Und dann auch noch mitten auf dem Pausenhof, mit massenhaft Zuschauern.

Aber von vorn. Ihr fragt euch sicher, wie ich da hingekommen bin:

Vor zwei Tagen am Samstag bin ich zwölf geworden. Und weil ich bis dahin nur mit meiner allerallerbesten Freundin Luzi gefeiert hatte, kamen am Montagmorgen in der Schule natürlich alle an, um mir zu gratulieren. Erst war ich von Danas dunkelbrauner Lockenmähne eingehüllt und dann glitzerte mir

Fionas kleiner Nasen-Funkelstein aus nächster Nähe ins rechte Auge und blendete mich, während sie mich drückte.

Immer mehr Leute stürzten sich auf unser Knäuel und riefen laut »Happy birthday!« und »Alles Gute, Milly!«.

So müssen sich Fußballer fühlen, wenn sie ein Tor geschossen haben und sich alle auf sie draufwerfen. Schön war das, so beliebt zu sein. Vor allem, weil Luzi und ich erst seit ein paar Monaten an der Schule waren.

»Wann feiern wir?«, hörte ich Fis Stimme durch den Trubel. »Dana und ich, wir haben so ein tolles Geschenk für dich!«

Ich erstarrte unter dem ganzen Mädchenhaufen. Da war es wieder, mein altes Problem. Ich konnte meine neuen Freundinnen nicht zu mir einladen, weil sie dachten, Ole wäre mein Ex-Freund und nicht mein Bruder. Wie sie darauf kamen? Weil ich es kurzerhand behauptet hatte, als er versucht hatte, mich aus Rache vor der versammelten Mannschaft zu küssen. Und dummerweise hatte ich es immer noch nicht aufgeklärt. Zuerst hatte ich Schiss, dass sie mich dann nicht mehr cool finden würden. Und inzwischen habe ich Schiss, dass sie sauer sind. Denn je länger ich nichts sage, desto schlimmer wird die Lüge. Und dann ist es vorbei mit meiner schönen Beliebtheit.

Im Moment war ich aber noch sehr beliebt, das

spürte ich deutlich, denn sie drückten mich so doll, dass ich kaum Luft bekam, und Fi und Dana skandierten: »Par-ty, Par-ty, Par-ty!«

Was sollte ich jetzt tun? Hilfesuchend warf ich Luzi durch Danas Haarwolke einen Blick zu, doch die zuckte nur ratlos mit den Schultern.

Ich brauchte eine Ausrede. Dringend! Sollte ich vielleicht einfach eine Ohnmacht vortäuschen, um der Frage nach der Geburtstagsfeier zu entgehen? Ich verdrehte die Augen und versuchte, meinen Handrücken dramatisch an die Stirn zu heben, kam aber bei dem Gewirr von Armen und Beinen nicht durch. Verzweifelt schielte ich nach der Bank unter dem großen Kastanienbaum. Höchstens zwei Schritte war sie entfernt. Ob es mir gelingen würde, mich darauf fallen zu lassen? Und wenn nicht? Über Nacht hatte es geregnet. Um uns herum war der Schulhof von lauter Pfützen übersät, und ich hatte keine Lust, meinen ersten Schultag als Zwölfjährige mit einer nassen Hose zu beginnen, als hätte ich mir reingepinkelt. Also musste ich es schaffen, so zusammenzubrechen, dass ich auf die Bank sank. Und zwar schnell.

Meiner Kehle entfuhr ein hoher Ton. Fast schon wie von einer verängstigten Katze – kläglich, jämmerlich, herzzerreißend.

Noch einmal folgte ein lang gezogenes *Mau*.

Äh, Moment mal, das war ja gar nicht *ich*. Das war ja wirklich ein Miauen.

Die anderen hatten es wohl auch gehört, denn sie ließen mich los und sahen sich um.

Miaaauuuuuuu!

Da! Über mir im Baum entdeckte ich eine dicke schwarze Katze. Sie saß ziemlich hoch droben in den kahlen Ästen, die sich in den verhangenen Novemberhimmel reckten, und traute sich allem Anschein nach nicht mehr herunter.

Pech für die Mieze, Glück für mich. Mein Herz tat vor Erleichterung einen Satz, denn auf einmal drehte sich alles um die arme Katze und darum, dass man sie retten musste. Und noch bevor mich wieder jemand nach meiner Feier fragen konnte, traf ich eine Entscheidung: Unerschrockene Baumkletterin und tapfere Tierretterin – das passte zu der Milly, als die ich mich hier ausgab.

Kurzentschlossen warf ich meinen Rucksack auf die Bank, stieg auf die Lehne und hangelte mich von dort aus den ersten Ast hinauf. Geschafft. Dann erklomm ich den nächsten und den übernächsten. Es ging leichter als gedacht.

Über mir maunzte die Katze, unter mir rief Luzi meinen Namen. »Milly«, rief sie. »Milly, komm lieber wieder runter!«

Doch dort lauerten Freunde mit unangenehmen Fragen. Also kletterte ich weiter. Die Katze saß ziemlich weit außen auf einem Ast und starrte mich aus ihren grünen Augen an, die Pupillen zu schmalen

Schlitzen verengt. Ein Blick zurück verriet mir, dass jetzt noch mehr Schüler zusammengelaufen waren. Manuel entdeckte ich in der Menge, Luzis Freund Leon, ja sogar meine Erzfeindin Janja.

In meinem Bauch zog es ganz komisch. Von unten hatte es gar nicht so hoch ausgesehen. Kennt ihr das? Das ist wie im Schwimmbad auf dem Dreimeterbrett. Von unten denkt man, das ist voll pillepalle, aber wenn man oben steht ... auweia. Ganz ähnlich ging es mir jetzt auch. Nur, dass unter mir kein Schwimmbecken war, sondern nur eine Pfütze auf dem Asphalt. Mir wurde ein bisschen schwindelig.

Bloß nicht runterschauen!, befahl ich mir. Konzentriere dich auf die Katze. Du bist eine Heldin. Eine Superheldin. Katzenretter-Baumkletter-Girl. Ich sah mich vor mir, mit engem Leoprint-Ganzkörperanzug und wehendem Umhang.

»Na komm«, säuselte ich der Katze mit sanfter, hoher Stimme zu und machte mit dem Zeigefinger eine lockende Geste. »Miez, miez.«

Sie starrte mich unverwandt an und machte einen Buckel.

Ich setzte mich auf den Ast, ein Bein links, eins rechts wie auf ein Pferd, und robbte ihr ein Stück entgegen. »Na komm, Süße«, lockte ich sie, »ich will dir doch helfen, du Dummerchen! Komm zu Milly!«

Als ich noch ein Stück näher rückte und die Hand nach ihr ausstreckte, fuhr sie die Krallen aus und schlug nach mir. Ihre Vorderpfoten blitzten weiß auf, als hätte sie so Sportsocken an, wie mein Paps sie immer trägt.

Ich zuckte zurück.

Das war der Moment, in dem ich das Gleichgewicht verlor.

Die Welt drehte sich um und ich mich auch, und ehe ich mich's versah, hing ich kopfüber an dem Ast, auf dem ich gerade noch gesessen war. Und dann drehte sich die Welt wieder zurück und ich hing noch ein Stück tiefer und nur noch an den Händen.

Oben fauchte die Katze, von unten kamen Schreie. In meinen Ohren rauschte das Blut. Ich spürte, wie mich schon nach wenigen Sekunden die Kraft verließ. Verzweifelt zappelte ich mit den Beinen und versuchte, mit den Füßen irgendwo Halt zu finden. Doch vergeblich. Und da hing ich also – in der Luft. An einem Ast. Die feuchte Rinde war eine bescheuerte Mischung aus rau und glitschig zugleich und tat mir an den Händen weh.

In Filmen baumeln die Leute ja immer ewig von Klippen und Felsvorsprüngen und Dächern – vorzugsweise nur noch mit einer Hand oder ein, zwei Fingern –, bis dann nach einer halben Ewigkeit Hilfe kommt und jemand sie hochzieht. Aber ich kann euch berichten: Das ist Quatsch. Erstens kann man sich keine zehn Sekunden halten – auch nicht mit zwei Händen – und zweitens kommt keiner und rettet einen. Ich warf einen kläglichen Blick nach oben. Die Kack-Katze (eine Kacktze gewissermaßen) machte jedenfalls keine Kralle krumm, um mir zu helfen, und unten schrien die Mädchen nur schrill meinen Namen, damit auch der Letzte auf dem Pausenhof mitbekam, dass es Milly war, die da gleich abstürzen würde.

Was jedoch wirklich stimmt, ist das mit dem Film. Bei mir lief zwar vor meinem inneren Auge nicht mein ganzes Leben ab, sondern nur ein winziger Ausschnitt, aber dafür ein ganz besonderer, nämlich der Kuss, den ich vor drei Tagen auf der Schul-Halloweenparty von einem Vampir bekommen hatte. Es war ein sehr, sehr schöner Kuss gewesen, und wenn ich daran dachte, schlug mir das Herz noch immer bis zum Hals. Er ging mir einfach nicht mehr aus dem Kopf. Weder der Kuss noch der Vampir, der zum Kuss dazugehörte. Zu dumm nur, dass ich nicht wusste, wer hinter der Vampirverkleidung steckte. Da es sich um eine Mittelstufenparty gehandelt hatte, musste er aus der achten, neunten oder zehnten Klasse sein.

Dieser Moment war es jedenfalls, den ich noch einmal vor mir sah. Obwohl, eigentlich sah ich nur verschiedene Schwarzschattierungen und erahnte sein Vampirlächeln, denn es war zappenduster gewesen, als ich ihm in die Arme gestolpert war, und deshalb hatte ich ihn mehr gespürt und geschmeckt. Und wie gut er geschmeckt hatte! Auf meinen Lippen lag ein verträumtes Lächeln, als meine Finger von dem Ast abglitten und ich in die Tiefe rauschte.

»Aaahhhh!«

2. Kapitel

... in dem ich von den Vom-Baum-Gefallenen auferstehe, dem Schokoladenauge eine Szene mache und mein Gehirn einen Kurzschluss erleidet

War ich tot? Um mich herum war alles schwarz. Das konnte allerdings auch daran liegen, dass ich die Augen zugekniffen hatte. Dafür spürte ich meinen Po umso deutlicher. Und das Handgelenk auch. Hm. Vielleicht war ich ja in der Hölle – zu ewigen Schmerzen verdammt wegen meiner Lügerei.

Ich blinzelte vorsichtig. Nein, in der Hölle war ich nicht gelandet. Nur auf dem Boden *und* auf Manuel, wie ich mit Entsetzen feststellte. Denn er lag unter mir und war ziemlich weiß um die Nasenspitze.

Oh Mann, jetzt war ich schon von so weit oben runtergeknallt. Hätte sich da nicht rumpelstilzchenmäßig der Boden auftun und mich verschlucken können – gulp und weg –, und Manuel, der das alles noch ein bisschen schlimmer gemacht hatte, gleich mit? Ich sah schon die Überschrift in unserer Schülerzeitung vor mir: *Junge von Millys Hintern erschlagen.*

Ängstlich beugte ich mich näher zu ihm und überprüfte, ob er noch atmete. Tat er. Und jetzt kam richtig Leben in ihn und er rieb sich ebenfalls den Po und das linke Knie.

Was für eine selten dämliche Situation. Jetzt bloß nicht heulen, Milly! Ich biss die Zähne zusammen und versuchte, an was Schönes zu denken. Nur war das gar nicht so leicht, wenn einem Schmerzen durch den Körper schossen, Janja das Gesicht zu einem breiten Grinsen verzog und Leon ein Prusten entfuhr, für das er sich von Luzi einen bitterbösen Blick und einen Ellbogenhieb einhandelte.

In diesem Moment entdeckte ich die Kacktze. Sie sprang von einem der unteren Äste auf die Lehne der Bank, von dort aus auf den Asphalt, stieg mit ihren dummen weißen Pfoten über mein Bein hinweg und stolzierte hoch erhobenen Hauptes davon.

Ungläubig starrte ich ihr nach. Mit Kacktzen, die über mich drüberstiegen, war ich fertig. Und mit Jungs, die unter mir zusammenbrachen, auch.

Jetzt galt es zu retten, was noch zu retten war. So würdevoll wie möglich rappelte ich mich auf und wischte mir die Hände an der Jeans ab, die nun doch nass geworden war. Dann hielt ich Manuel die Hand hin, zog ihn hoch und sah ihm in die Augen. Ganz dunkel waren die und mit langen Wimpern dran. Ich musste an Schokolade denken, was jetzt wirklich überhaupt nicht passte. Noch dazu musste ich ein gutes Stück zu ihm hochschauen, was mich nur noch mehr aufregte. Hätte ich ihn doch nur liegen lassen!

»Und wenn ich das nächste Mal vom Baum springe, dann geh gefälligst aus dem Weg!«, motzte ich ihn an, weil mir das alles so unglaublich peinlich war.

Er sah mich mit seinen Schokoladenaugen ganz seltsam an.

Dann drängte sich Janja zwischen uns. »Maaanu«, flötete sie. »Manu, tut's sehr weh? Die ist ja mit ihrem Hintern voll Karacho auf dich draufgeknallt! Wie eine Arschbombe!«

Danke auch, Janja.

Zum Glück zerrte Luzi mich weg, bevor ich noch mehr dummes Zeug von mir geben konnte, und bugsierte mich auf die Bank. »Hast du dir sehr wehgetan?«, fragte sie und legte den Arm um mich, doch ich schüttelte sie ab und gab mir alle Mühe zu grinsen.

»Von so einem kleinen Hopser doch nicht.« Ich winkte ab, wobei ich merkte, dass ich mir das Handgelenk übel verstaucht hatte. »Alles gut.«

»Lässige Aktion«, meinte Fi, die mir mein cooles Getue abnahm. »Wenn du den Sprung beim Abgang noch stehst, kannst du Kunstturnerin werden.«

»Genau, und ich interviewe dich dann für die Schülerzeitung.« Dana zwinkerte mir zu. »Äh, wo waren wir stehen geblieben? Ach, ja, genau: Wann steigt denn jetzt die Party?«

In diesem Moment wurden meine Knie doch noch butterweich, und ich war froh, dass ich saß. Meine Schläfen pochten und meine Ohren pfiffen. Es fühlte sich an, als würde in meinem Kopf ein Orchester seine Instrumente stimmen.

»Nächstes Wochenende hätten wir Zeit«, drängelte Fi.

Wo blieb denn der verflixte Gong, um mich zu retten? Ich wartete einen Moment, dann noch einen und noch einen. Nichts geschah.

Und dann geschah doch was: Mein Mund ging auf und sagte, noch ehe ich einen klaren Gedanken fassen konnte: »Okay.«

Wahrscheinlich hatte mein Kopf doch etwas abbekommen bei dem Sturz. Wie betäubt sah ich in Luzis blaue, weit aufgerissene Augen. Und dann kam der Gong. Zwei Sekunden zu spät. »Vielleicht könnten wir ins Kino –«, setzte ich an.

Fi schüttelte den Kopf, dass ihr Nasendiamant funkelte. »Nee, bei dir zu Hause«, verlangte sie. »Wir wollen doch endlich mal deine Mutter kennenlernen, die so coole Bücher schreibt.« Seit ich in der Schule in einem Referat *Im Spiegelsaal der 1000 Küsse* vorgestellt hatte, waren sie Mamas treueste Fans.

Mein Schicksal war besiegelt. Die beiden klatschten sich ab. »Super! Das wird voll top!«

Oder voll Flop, dachte ich und rang mir ein Lächeln ab, obwohl ich lieber lauthals geheult hätte wie mein kleiner Bruder Bruno, wenn man ihm kein Licht zum Schlafen anlässt.

In den ersten zwei Stunden hatten wir Deutsch bei Herrn Fistab. In meiner Verzweiflung über meine Geburtstagsfeier versuchte ich sogar, mich damit abzulenken, dass ich dem Unterricht folgte. Aber irgendwie waberte in meinem Hirn zäher Nebel.

Das Fischstäbchen faselte irgendwas von einem »klasse Projekt«, das er sich für uns ausgedacht hätte. Um ein erstes Mal in die Arbeitswelt hineinzuschnuppern, sollten wir ein eintägiges Mini-Praktikum machen. »Ein Praktikum«, erklärte er uns, »ist was, bei dem man praktische Erfahrungen sammelt und selbst etwas ausprobiert, um sich eine Meinung zu bilden.« Also im Prinzip genau dasselbe, was ich auf der Schulparty mit dem Küssen getan hatte. Es ausprobiert. Meine eigenen Erfahrungen gemacht.

Aber was interessierte mich ein Berufspraktikum, wenn ich doch viel lieber ein zweites Kusspraktikum machen wollte? Schließlich hielten mich hier alle für eine Expertin in Sachen Küssen und Liebe. Da wäre ein bisschen mehr praktische Erfahrung nicht schlecht. Dazu musste ich allerdings irgendwie rauskriegen, wer dieser Vampir war. Und dann dachte ich wieder an den Kuss und auf einmal tat mir alles nur noch halb so weh und mein Kopf rumorte nicht mehr so sehr wie das Gekribbel und Gekrabbel in meinem Bauch. Fast wie auf der Party. Ich wäre gern noch länger dortgeblieben und hätte noch ein klitzekleines bisschen geküsst. Doch dummerweise war dann Janja dazwischengekommen – bis zur Unkenntlichkeit als Hexe verkleidet, aber immer sofort an ihrem albernen Flattergang zu identifizieren – und hatte in rauen Mengen Waldmeistergötterspeise gekotzt und dadurch sich selbst, Luzi, Leon und mich enttarnt.

Als es gongte, schreckte ich hoch. Draußen schüttete es inzwischen wie aus Kübeln. Das bedeutete Pause auf den Gängen. Ich schnappte mir meinen Apfel und meine Trinkflasche und schlenderte auf den Flur, wo ich mich aufs Fensterbrett hochzog und die Füße auf den Heizkörper stellte. Keine Sorge: Das Fenster war natürlich zu – mein Bedarf an Abstürzen war fürs Erste gedeckt. Nachdenklich guckte ich hinaus ins Grau-in-Grau. Von hier oben sah der Baum gar nicht so hoch aus.

Neben mir schwangen sich Fi und Dana auf die Fensterbank. Manchmal lernten ein paar von uns in den Pausen noch hektisch Vokabeln, wenn ein Test anstand. Aber an diesem Tag blieben die Bücher zu. An diesem Tag gab es nur *ein* Thema. Nein, zum Glück nicht meinen bescheuerten Sturz vom Baum, sondern die große Halloween-Schulparty.

Übers Wochenende hatte sich natürlich schon herumgesprochen, dass Janja, Luzi, Leon und ich dort geschnappt worden waren. Jetzt wollten die anderen alles wissen. Wie hatten wir es als Sechstklässler überhaupt geschafft, uns auf einer Mittelstufen-Party einzuschleichen? Als was hatten wir uns verkleidet? Wie war die Feier gewesen? Hatte es schlimmen Zoff gegeben, als man uns erwischt hatte? Würden wir einen Verweis bekommen?

Luzi, Leon und ich kamen allerdings kaum zu Wort, denn Janja machte sich furchtbar wichtig. Und das, obwohl es ganz allein ihre Schuld gewesen war, dass wir aufgeflogen waren. Wenn sie nicht Wackelpudding gekotzt hätte, hätte kein Mensch etwas gemerkt. Ich warf Luzi einen Blick zu und wir verdrehten die Augen.

Die Flatter war wirklich die Pest, schon immer gewesen. Ein paar Jahre hatte ich Ruhe von ihr gehabt, aber jetzt war sie an der neuen Schule wieder in mein Leben getreten – älter, größer, geschminkt und mit Absätzen, aber genauso doof wie eh und je mit ihren albernen Tippelschritten und dem Armgefuchtel dazu, als würde sie versuchen zu fliegen. Genervt biss ich in meinen Apfel und stellte mir vor, es wäre Janjas Ohrläppchen.

»He«, raunten Fi und Dana mir zu, die anscheinend auch genug von Janjas Show hatten. »Wir waren auch auf der Halloweenparty.«

Sag bloß. »Nein!«, hauchte ich gespielt überrascht, denn natürlich hatte ich die beiden erkannt.

»Ich hab sogar Fotos gemacht«, flüsterte Dana. »Fürs Wölfchen.« Das Wölfchen war unsere Schülerzeitung, in der sie mitarbeitete.

Jetzt war ich ehrlich überrascht. »Aber dann wissen die anderen Redakteure doch, dass du dort warst. Kriegst du da keinen Ärger?«

Dana schüttelte die Wallemähne. »Die verpfeifen mich schon nicht.«

Sie war wirklich cool. Ich bewunderte sie sehr. Es war ein großes Glück und ein kleines Wunder, dass so tolle Mädchen wie sie und Fi mit mir befreundet waren. Nur manchmal zwickte und zwackte mich das schlechte Gewissen, weil ich mir ihre Freundschaft mit einer Lüge erschlichen hatte. Das lag mir ein wenig im Magen – und heute natürlich ganz besonders. Manchmal dachte ich: Wenn das rauskommt, ist richtig Feuer am Dach. Und dann dachte ich wieder: Mach dich locker, Milly, das kommt schon nicht raus.

Ich beschloss, von nun an so oft wie möglich die Wahrheit zu sagen. Und ich würde gleich damit anfangen. Ich gab Dana und Fi ein Zeichen und winkte sie ganz nah zu mir ran. Luzi hatte ich es schon erzählt. »Ich habe auf der Party geknutscht«, raunte ich verschwörerisch.

Dana und Fi nickten mäßig interessiert. Die Nachricht schien sie nicht umzuhauen. Dabei war es eine Weltsensation. Herzwackelnd und bauchzwackelnd. Seitdem hatte ich die ganze Zeit ein Lächeln im Gesicht festgetackert.

Fi biss in ihr Salamibrötchen. »Da wird immer rumgeknutscht.«

Ich war irgendwie enttäuscht. Mein allererster Kuss und sie gingen einfach so drüber weg. Eigentlich hätten sie große Augen machen sollen. Und kichern. Und kreischen. Mich umarmen und mir gratulieren. Oder wenigstens mal fragen, wie es war. Auf der anderen Seite durfte ich ihnen keinen Vorwurf machen. Schließlich hielten sie mich für eine vielgeküsste Frau und dachten, ich hätte schon diverse Freunde gehabt.

Aber so ganz ohne *Oh* und *Ah* und *Oha* wollte ich sie doch nicht davonkommen lassen, also setzte ich noch einen drauf. Ich winkte die beiden wieder näher und senkte die Stimme. »Jemand hat mich geküsst, aber ich habe nicht den leisesten Schimmer, *wer*.«

Die zwei sahen mich an.

»Und zwar nicht bei so einem Knutschspiel oder so, sondern in diesem dunklen Nebenzimmer, der Kammer des Schreckens. Da bin ich gestolpert, er hat mich aufgefangen und dann einfach geküsst. Der Typ ist wie aus dem Nichts aufgetaucht, und sobald Janja anfing zu kotzen und das Fischstäbchen aufkreuzte, war er genauso plötzlich wieder verschwunden.«

»Und du hast echt null Ahnung?«, fragte Dana mit großen Augen. Jetzt hatte ich sie am Haken.

Ich schüttelte den Kopf. »Alles, was ich weiß, ist, dass er als Vampir verkleidet war.«

»Ooooh, wie romantisch! Du hast einen heimlichen Verehrer!«, quiekte Dana.

Ich grinste. So ein altmodisches Wort passte gar nicht zu ihr.

»Wir müssen rausfinden, wer der geheimnisvolle Küsser ist«, rief sie und sprach mir damit aus der Seele.

Fi rümpfte die Nase. »Romantik-Schmonz! Ein geheimnisvoller Schisser ist der!«

Dann passte er ja hervorragend zu mir.

»Woher willst du überhaupt wissen, dass es ein Junge war? Könnte genauso gut ein Mädchen sein.« Fis Funkelstein in der Nase glitzerte mit ihren Augen um die Wette.

»Äh«, machte ich. So was weiß man doch, oder? Oder nicht? Mir wurde ein bisschen komisch und ich trank schnell einen Schluck aus meiner Wasserflasche.

Dana verpasste Fi einen Stoß in die Rippen. »Also wenn *Milly* das nicht weiß, wer dann? Die kennt sich nun wirklich aus mit Küssen.«

Ich verschluckte mich und schickte einen Sprühstoß Wasser auf die beiden, sodass sie aufkreischten. Dann musste ich so husten, dass Fi und Dana mir auf den Rücken klopften und Luzi zu uns rübersah.

»Und jetzt willst du also den UV finden?«, hakte Fi nach.

»Hä?« (Leider besteht der Hauptteil meiner Konversation aus den beiden Buchstaben h und ä: *Hä* oder *Äh*. Das passt immer. Und ist immer voll panne.)

Fi gab ein Schnarchgeräusch von sich. »Na, den **u**nbekannten **V**ampir.« Sie betonte das U und das V. »Stehst du auf den, oder wie?«

»Neee«, wiegelte ich hastig ab. »Aber man wird ja wohl noch wissen dürfen, wer einen geküsst hat, oder?«

Das schien ihnen einzuleuchten. »Wie cool! Operation UV«, rief Dana.

»Bähhh!«, machte ich und zog die Nase kraus. Das klang, als wäre ich ein schwerer Fall von Sonnenbrand, dabei war ich nur ein schwerer Fall von … ja, von was eigentlich? Was hatte das festgetackerte Lächeln zu bedeuten? War ich verknallt? In einen Jungen, den ich nicht mal kannte? Allein schon der Verdacht traf mich wie ein Schlag in den Magen und ich schüttelte energisch den Kopf. Nein, so was Dämliches würde nicht mal *mir* passieren!

Fi und Dana schien die Schwachsinnigkeit der Situation nicht zu stören. Sie wirkten begeistert. Ich sah förmlich, wie es unter Danas Wuschelmähne ratterte. »Na gut, dann eben Operation SSV«, meinte sie.

»Sommerschlussverkauf?«

»Supersüßer Vampir«, stellte Dana klar.

Fi schüttelte den Kopf.

Dana schwieg einen Moment lang. »Okay, ich hab's«, verkündete sie dann. »Operation Miss Kiss sucht Mister Biss!«

Ich bekam so rote Bäckchen wie mein Apfel. Ohne es zu ahnen, hatte sie voll ins Schwarze getroffen.

Sie sah mich an. »Kannst du ihn beschreiben?«, fragte sie im Journalisten-Modus.

»Hmm... er schmeckte nach Gummibärchen und Kirschsaft und roch irgendwie nach...« Ich zögerte. »... Sommer.«

»Hä?«, machten diesmal Fi und Dana.

»Na... äh... gut. Gut eben. Sehr, sehr gut.« Ich fuchtelte mit meiner Trinkflasche in der Luft herum.

Fi seufzte.

»Ich meinte eher, wie er aussah«, erklärte Dana.

Ach so. Ich überlegte. Bis auf ein paar Skelette, die im Dunkeln fahlgrün leuchteten, war es in der Kammer des Schreckens pechschwarz gewesen. Außerdem war der Vampir mindestens ebenso gut verkleidet wie ich. Seine Haare schimmerten silberweiß. Wobei nicht davon auszugehen war, dass das seine natürliche Haarfarbe war – auch wenn er schon in die achte, neunte oder zehnte Klasse ging und damit relativ alt war.

»Wenn ich das wüsste«, seufzte ich. »Er war schlank. Schätze ich mal«, schob ich hinterher, denn er hatte einen weiten Umhang mit hohem Kragen getragen. »Ungefähr einen Kopf größer als ich, sehr blass … aber das war bestimmt nur Schminke.« Ich verstummte und überlegte. »Also seine Augen, die waren besonders. Ganz nachtschwarz.«

»Kein Wunder in einem stockdunklen Raum«, murmelte Fi. »Da hättest du vermutlich sogar Luzi schwarzäugig gefunden.« Sie wiegte den Kopf hin und her. »So finden wir den nie.«

Dana dagegen kringelte mit einem zufriedenen Lächeln eine Locke um ihren Zeigefinger. »Ich hab da schon eine Idee.«

Fi und ich starrten sie an. »Sag!«, riefen wir wie aus einem Mund.

»Wartet es ab! Ich sage nur *klick-klack*.« Dana tippte sich an die Nasenspitze und lächelte geheimnisvoll. »Vielleicht weiß ich morgen schon mehr.«

Auf dem Weg zur Bushaltestelle begegneten Luzi und ich noch einmal der Kacktze. Manuel stand auf dem Gehsteig und streichelte sie, während sie laut schnurrend um seine Beine strich.

»Dumpfbacke«, murmelte ich.

»Die Katze oder Manuel?«, fragte Luzi.

»Beide – und ich auch«, sagte ich und stieg ein.

Im Bus konnte man schon den blauen Fleck an meinem Handgelenk bewundern, der sich im Laufe des Vormittags gebildet hatte. Da nur Luzi und ich zu unserem Kuhkaff rausfuhren, hatten wir ausführlich Zeit, meine Wunden zu begutachten.

»Da hast du dich aber ganz schön geprellt«, meinte Luzi und betastete fachmännisch mein Handgelenk, sodass ich jaulte wie zuvor die Kacktze. Mit so was kennt Luzi sich aus. Ihre Eltern sind Sportlehrer und da weiß sie über Prellungen, Zerrungen und Bänderrisse aller Art Bescheid.

»Halb so wild«, sagte ich mit schmerzverzerrter Miene und wollte ihr die Hand wegziehen.

Aber Luzi hielt mich fest. »Warte, ich habe kalte Hände.« Behutsam legte sie ihre kühlen Finger darum.

»Viel schlimmer ist, dass ich nicht weiß, wie ich das mit der Party machen soll«, murmelte ich.

»Tja«, sagte Luzi. »Jetzt kommst du wohl nicht mehr drum herum, endlich die Wahrheit zu sagen.«

Bei dieser Vorstellung zuckte ich zusammen. Ich hatte die ganze Zeit gelogen, dass sich die Balken bogen. Was würden Fi und Dana und all die anderen von mir denken, wenn die Wahrheit ans Licht käme? Ob sie dann noch meine Freundinnen sein wollten?

»Weißt du«, meinte Luzi nachdenklich, als hätte sie meine Gedanken gelesen. »Echte Freunde halten immer zu einem. Auch wenn man Mist gebaut hat.«

Als ich nichts darauf antwortete, sagte sie: »Und wenn du das mit Ole als Ex-Freund weiter durchziehen willst, dann hätte ich mir an deiner Stelle eine Ausrede zurechtgelegt.«

»Hätte, hätte, Fahrradkette«, murmelte ich. »Hab halt nicht dran gedacht.«

»Und das liegt nicht zufällig an einem gewissen Vampir?«, fragte Luzi und guckte mich harmlos mit ihren großen runden blauen Augen an.

»Welcher Vampir?«, sagte ich und guckte möglichst harmlos zurück.

Aber Luzi kannte mich einfach zu gut. Sie bekam zwei Grübchen, so breit grinste sie. »Der, der dich auf der Halloweenparty geküsst hat.«

»Ach, der.« Ich machte eine wegwerfende Handbewegung, doch ihre Grübchen vertieften sich noch. »Na gut, ich geb's ja zu. Ich muss schon immer noch dran denken. Übrigens habe ich heute in der Pause Fi und Dana davon erzählt. Und jetzt wollen sie rausfinden, wer es war.«

»*Dich* interessiert das natürlich null.«

Ich wühlte in meinem Schulrucksack, ohne wirklich etwas zu suchen, und versteckte mich hinter meinem Haarvorhang. »Na, man wird doch wohl noch wissen dürfen, von wem man seinen allerersten Kuss bekommen hat, oder?«

»Klar.« Luzi tätschelte mir beruhigend den Arm, und ich zuckte zusammen, weil sie einen blauen Fleck erwischt hatte. »Sorry.«

»Schon gut.« Ich legte meinen Kopf gegen ihre Schulter und sie ihren oben drauf und so fuhren wir schweigend dahin. Es kam mir vor, als würden wir durch die Wüste zockeln, denn wenn man auf der kurvigen, schlaglöchrigen Landstraße in dem schaukelnden Bus ganz locker lässt, dann wabbelt man lustig hin und her wie auf einem Kamelrücken. Draußen fiel ein feiner Nieselregen auf die abgeernteten braunen Felder, und ich stellte mir vor, es wären Sanddünen in der Sahara, und wünschte mich ganz weit weg. Dann wäre das Problem mit Fi, Dana und Ole gelöst.

Aber Moment mal, schoss es mir durch den Kopf. Warum sollte eigentlich *ich* auswandern? Sollte doch Ole gehen! Es musste ja nicht gleich die Wüste sein. Mir würde es schon reichen, wenn er in eine eigene Wohnung zog. Und zwar ein bisschen dalli, bis zum nächsten Samstag. Mein Opa erzählt immer, dass sein Vater mit sechzehn von zu Hause weggegangen ist. Warum also nicht auch Ole?

Das hätte viele Vorteile: Ich könnte sein Zimmer noch zusätzlich haben, vielleicht sogar einen Durchbruch machen. Das wäre dann wie eine richtige kleine Wohnung für mich. Nicht mehr so ein Kinderzimmer.

Oh nein!, durchzuckte es mich heiß und kalt. Mein Zimmer! Das musste natürlich auch noch renoviert werden, bis Dana und Fi kamen. Nachdem ich mich zu Beginn der sechsten Klasse selbst neu erfunden und auf cool getrimmt hatte, konnte ich jetzt doch nicht zwischen Maus-Postern, alten Märchenbüchern, rosa Vorhängen und Pu-der-Bär-Bettwäsche wohnen.

Das musste alles weg.

Und mein Bruder eben auch.

Zu Hause angekommen drückte ich Mama in der Küche einen Schmatz auf die Wange, wagte einen Blick in einen dampfenden Kochtopf (Kartoffeln – wie öde!) und hielt dann nach Ole Ausschau.

Ich musste nicht lange suchen. Er lümmelte auf der riesigen roten Wohnzimmercouch, als würde sie ihm ganz allein gehören. Noch ahnte er nicht, dass seine Tage auf diesem Sofa gezählt waren, sondern guckte auf sein Handy und mampfte friedlich Erdnussflips. Zu seinen Füßen lag Monster und bettelte ihn hechelnd an. Daneben saß mein kleiner Bruder Bruno und hechelte und bettelte ebenfalls. Hund spielen war seine neueste Masche.

»Rück mal ein Stück«, sagte ich zu Ole, und als er nicht rutschte, ließ ich mich halb auf ihn drauffallen. Er gab ein Knurren von sich, aber das ließ mich kalt. Er musste lernen, dass er nicht mehr hierhergehörte. »Du, sag mal, Ole«, begann ich, »du bist ja schon sechzehn.«

»Mm.«

»Ganz schön alt.«

»Mm?«

»Also erwachsen, meine ich.«

»Mmm.« Er tippte weiter auf seinem Handy

herum. Schon erstaunlich, was man mit einem einzigen Buchstaben alles zum Ausdruck bringen kann: Zustimmung, Erstaunen, Empörung, nicht zu vergessen Gereiztheit.

Doch ich ließ mich nicht entmutigen. »Eigentlich wäre es doch gut, wenn du deine eigenen vier Wände hättest.«

»Mmm?« Zum ersten Mal sah er von seinem Handy auf. »Ich habe doch ein Zimmer.«

Ich schüttelte den Kopf. »Nein, ich meine so richtig. Eine eigene Wohnung.« Ich schnappte ihm die Chipstüte weg, um ihm deutlich zu machen, dass hier jetzt alles meins war.

Er schlug mir auf die Finger. »Nerv nicht!«

»Mama!«, rief ich Richtung Küche. »Ole nascht vor dem Essen!«

»Petze!«, fauchte Ole.

Ich grinste nur. »Wenn du eine eigene Wohnung hättest, könntest du essen, was und wann du willst.«

»Und wer kocht?«

Monster pupste. Bruno versuchte, auch zu pupsen. Er bekam einen ganz roten Kopf vor Anstrengung, aber es wollte ihm nicht gelingen. Also machte er wenigstens Furzgeräusche.

Ich deutete auf Bruno. »Schau, das würde alles wegfallen.«

»Klingt gut. Ich werde darüber nachdenken«, knurrte Ole.

»Aber denk nicht zu lange nach«, sagte ich. »Sollen wir heute Abend im Internet nach Wohnungen schauen? Dann kannst du am Wochenende schon umziehen. Ich helfe dir auch packen.«

Ole kratzte sich am Bauch. »Am Wochenende kann ich nicht. Da fahre ich mit der Hockeymannschaft ins Trainingslager.«

Einen Moment lang starrte ich ihn an. »Ole!«, rief ich dann. »Das ist ja super!«

Er sah mich misstrauisch an.

Jetzt nicht zu dick auftragen, Milly! »Ich freu mich eben für dich.« Und für *mich* erst! *Puff*, löste sich Problem Nummer zwei einfach so in Luft auf. Glück muss der Millymensch haben!

Und dann sprangen Monster und Bruno zwischen uns und versuchten, uns die Gesichter abzulecken. Ich verbündete mich mit Ole, und gemeinsam warfen wir erst Monster vom Sofa und kitzelten dann Bruno durch, bis er um Gnade flehte. Mein Handgelenk tat dabei schon gar nicht mehr so weh.

Während wir uns balgten, hatte ich zwei Erkenntnisse. Erstens: Hunde mag ich echt viel lieber als Katzen. Und zweitens: Manchmal war es gar nicht so schlecht, einen Ole im Haus zu haben. Vor allem, wenn er zum richtigen Zeitpunkt weg war.

An diesem Abend schlief ich mit vielen blauen Flecken am Körper und einem Lächeln im Gesicht ein. Dana hatte eine SMS geschrieben und für morgen das erste Treffen der Operation *Miss Kiss sucht Mister Biss* in der Mensa anberaumt. Wie ungemein praktisch. Wie es aussah, lösten sich all meine Probleme von selbst. Hach, das Leben war schön!

3. Kapitel

… in dem ich beschließe, unter die Vampirjäger zu gehen, und mit Augen werfe

Dick waberte der Essensgeruch durch die Mensa. Und wenn ich Geruch sage, dann meine ich auch Geruch, denn ein Duft war es wahrlich nicht. Normalerweise ist das Essen hier ganz okay. Die anderen motzen zwar oft darüber, und ich motze natürlich mit, weil man das halt so macht, aber eigentlich finde ich es ziemlich korrekt. Bei uns zu Hause gibt es manchmal viel komischeres Zeug, wenn meine Mama gerade mitten in einem neuen Roman-Manuskript steckt und keinen Nerv zum Einkaufen und Kochen hat. Dann macht sie schon mal Reis mit Marmelade. Wie käme ich also dazu, mich über verkochte Nudeln zu beschweren oder über Salat, der schon ein bisschen zusammengefallen ist? Heute jedoch roch es wirklich extrem seltsam. Aber wir waren ja auch nicht zum

Essen hier, sondern um Jagd auf einen Vampir zu machen.

Weil Dana noch fehlte, saßen Luzi, Fi und ich rum und tranken lauwarme Apfelschorle aus dem Getränkeautomaten neben unserem Tisch, der eigentlich kühlen sollte, aber in erster Linie Krach machte (also der Automat, nicht der Tisch).

»Bin ich froh, dass bald das neue Schulcafé eröffnet«, murmelte Fi und nippte verächtlich an ihrer Flasche.

Luzi nickte. »Die suchen übrigens noch Leute, die beim Streichen helfen«, meinte sie. »Hat Leon erzählt. Der macht ja mit und ich steige vielleicht auch ein. Das soll richtig toll werden. Alles ganz bunt, die Wände, Stühle, Tische und so. Sogar Sofas bauen sie selbst aus alten Holzpaletten. Diese Schule ist echt so cool!«

Luzi hatte recht. Unsere neue Schule war tausendmal besser als die alte. Es gab nicht nur tolle Halloweenpartys und bald ein Schülercafé, sondern auch gleich *zwei* Schulbands! Die eine war eine Unter- und Mittelstufenband und hieß *Wunderwolf* (ihr wisst schon, wegen *Wolf*ram-von-Eschenbach-Gymnasium), die andere eine Oberstufenband namens *Ohnehirn*. Und damit nicht genug: Wir Schüler durften auch den Namen für das Café bestimmen, indem wir unsere Ideen in einen Briefkasten am schwarzen Brett warfen. Genau da hinein kamen auch Vorschläge für einen neuen Songtext für *Ohnehirn*. Die sollten bei der Eröffnung des Cafés nämlich auftreten und unter anderem ein neues Lied spielen, für das sie noch nach Textideen suchten.

Während Luzi und Fi inzwischen damit durch waren, zu überlegen, wie sie die Wände streichen würden, und jetzt über Kissen mit Troddeln oder geometrischen Mustern diskutierten, sah ich mich nach Dana um. Wo blieb sie denn?

Endlich tauchte ihr Lockenkopf zwischen den Glastüren auf – mit einem äußerst zufriedenen Lächeln. Schon von Weitem winkte sie uns mit ihrem Tablet zu. Keine Sorge, es war kein Essenstablett, sondern ein Tablet-PC.

»Hiermit erkläre ich offiziell die erste Geheimsitzung der Operation *Miss Kiss sucht Mister Biss* für eröffnet«, verkündete sie atemlos und legte ihr Tablet auf den Tisch. »Hier ist alles drauf, was wir brauchen.«

Luzi, Fi und ich sahen sie fragend an.

Dana nahm einen Vollkornkeks aus Luzis Brotbox und einen Schluck aus meiner Flasche und fuhr das Tablet hoch. »Ich habe mir gerade noch die Fotos von zwei anderen Leuten aus der Wölfchenredaktion runtergeladen. Zusammen mit meinen eigenen sind das eine ganze Menge.«

Zum Glück nahm Luzi es mir ab, die dumme Frage zu stellen: »Was für Fotos?«

Dana zog die Augenbrauen hoch. »Na, von der Halloweenparty!«

Einen Moment lang sah ich sie an. Dann ging mir ein Licht auf. »Du bist genial!«, rief ich und drückte sie.

»Ich weiß.« Dana warf ihre Wallemähne zurück und lächelte. »Okay, dann machen wir uns jetzt mal auf Vampirsuche«, sagte sie und öffnete die Datei mit den Fotos. Und das waren viele.

Zu viert beugten wir uns über den Bildschirm. Luzi und Leon entdeckte ich dort im Pferdekostüm, ich selbst war auch als Zombie abgelichtet, Fi deutete auf ihr Teufels-Outfit und Dana zeigte uns ihre Verkleidung mit einem riesigen weißen Betttuch über dem Kopf. Dann hielten wir Ausschau nach Vampiren.

»Und?«, fragte Fi. »Erkennst du ihn? Ist dein Vampir dabei?«

»Das ist nicht *mein* Vampir«, gab ich zurück und schüttelte unglücklich den Kopf, weil ich abgesehen von der Größe kaum etwas über ihn sagen konnte – außer wie er roch, schmeckte und küsste.

Nach einer Dreiviertelstunde, einer weiteren Runde lauwarmer Apfelschorle und einer Riesenbox Halloween-Gummibärchen, die Dana mit den Worten: »Gab's im Sonderangebot«, auf den Tisch gestellt hatte, war mir ganz schwummrig im Kopf und im Bauch auch.

Den geheimnisvollen Küsser hatten wir nicht ausfindig gemacht, aber ein kleines bisschen schlauer waren wir trotzdem. Unsere Recherche hatte zwar ergeben, dass Vampir nach Gespenst die beliebteste Verkleidung war, doch einige konnten wir gleich ausschließen, weil sie zu dick, zu dünn, zu groß oder zu klein waren – oder Mädchen.

Am Schluss blieben acht VV übrig. VV, das war Danas Abkürzung für Vampirverdächtige, und sie gefiel auch mir auf Anhieb, vor allem, weil VV so schön nach spitzen Eckzähnen aussah.

Ein paar von ihnen erkannten Fi und Dana sofort: Marek aus der Achten, John aus der Zehnten und einer war sogar gerade in der Mensa.

»Schaut jetzt nicht hin«, flüsterte Fi. »Am zweiten Tisch von links, direkt an der Heizung sitzt er. Timo.« Schon drehten sich drei Köpfe in seine Richtung und sechs Augen starrten ihn an. Auffälliger ging es ja wohl kaum. Zum Glück saß er mit dem Rücken zu uns, sodass er es nicht mitbekam.

Ich seufzte. »Und jetzt? Wie geht's jetzt weiter?«

»Ich werde mich mal in der Redaktion umhören, ob jemand die restlichen fünf Typen kennt«, meinte Dana.

Ich knabberte an meinem Daumennagel. »Und dann? Was bringen mir Namen, wenn ich nicht weiß, wer von denen es war? Ich meine, ich kann ja wohl schlecht hingehen und acht Jungs fragen, ob sie mich zufällig an Halloween geküsst haben. Da denkt ja die halbe Schule, ich hab einen an der Klatsche.«

»Stimmt.« Fi tippte sich nachdenklich mit dem Finger an die Nase. »Drei-Stufen-Plan«, erklärte sie dann und schob sich eine Handvoll Gummibärchen in den Mund. »Schehtescht, Rieschtescht, Geschmackschtescht.«

»Was?«, riefen Luzi und ich wie aus einem Munde.

Fi kaute und schluckte. »Sehtest, Riechtest, Geschmackstest.«

Jetzt hatte ich sie zwar verstanden, aber noch immer nichts kapiert.

»Na ja, erst mal wirfst du einen Blick auf die Verdächtigen. Wenn sie dann immer noch infrage kommen, musst du an ihnen riechen …«

»Mooooment mal!«, unterbrach ich sie. »Ich soll sie anschnüffeln? Wie ein Hund oder was?« Da bekam die Redewendung *jemandem hinterherschnüffeln* eine ganz neue Bedeutung. Ich hatte ein Bild vor Augen, wie Monster immer anderen Hunden am Hintern rumschnuppert.

Die anderen schienen das unheimlich witzig zu finden. »Genau, und wenn er gut riecht, dann hechelst du ihn an«, japste Luzi. Sie macht immer so delfinartige Geräusche beim Lachen.

»Und schleckst ihm mit der Zunge übers Gesicht«, kreischte Dana kichernd und machte Schlabberlaute. An den anderen Tischen drehten sich bereits die ersten Schüler nach uns um.

»Geht's vielleicht noch lauter?« Ich warf den beiden

einen strengen Blick zu und sie pressten sich die Hand vor den Mund.

Fi war noch nicht fertig. »Jedenfalls, wenn einer den Riechtest bestanden hat, musst du rauskriegen, wie er schmeckt. Knutschtest eben.«

Als ich sie entsetzt anstarrte, zuckte sie nur mit den Schultern. »Chill mal, Milly. Das ist ja nur Stufe drei. Fürs Erste reicht es, wenn du ein Auge auf sie wirfst.«

Damit nahm sie sich zwei so glupschige, mit blutigen Adern durchzogene Augapfel-Gummibärchen und hielt sie sich vors Gesicht. Dann drehte sie sich um und zielte damit auf Timo. *Bong*, klatschte eines auf seinen Hinterkopf und er fuhr herum.

Ich versuchte, Fi böse anzugucken, aber die drei lachten nur noch lauter. »Ihr blöden Kühe«, rief ich und nahm mir selbst eine Handvoll Gummibärchen aus der Box. Und dann bombardierten wir uns mit Gummigeistern und Glupschaugen und Spinnen und Friedhofskreuzen, bis sich die dürre Frau von der Essensausgabe vor uns aufbaute und schimpfte, dass wir diese Sauerei sofort wieder beseitigen müssten. Und zwar ein bisschen dalli.

Doch dazu kam es nicht, denn ein paar Fünftklässler hatten sich schon wie die Aasgeier darauf gestürzt und futterten das Zeug direkt vom Boden weg. Bäh! Jungs eben.

Ich schüttelte den Kopf und fuhr mir unwillkürlich mit dem Handrücken über den Mund. Ob mein

Vampir so was früher auch gemacht hatte? Und dann schüttelte ich den Kopf noch ein bisschen mehr. Hatte ich gerade *mein Vampir* gedacht?

In dieser Nacht träumte ich, ich wäre ein Hund. Hechelnd rannte ich über den Pausenhof, und als mir die Kacktze über den Weg lief, jagte ich sie bis in die höchste Spitze der Kastanie. Da hockte sie und miaute jämmerlich, wenn ein Windstoß durch die Zweige fuhr. Zufrieden pinkelte ich an den Stamm, trottete weiter und schnuffelte ein paar VVs an, bis ich schließlich Janja entdeckte, die vor der Turnhalle an eine Säule gelehnt stand. Und weil Hunde immer und überall hinpinkeln, pinkelte ich auch noch Janja ans Bein.

Ja, mein Hundeleben gefiel mir.

4. Kapitel

... in dem ich Seh- und Riechtests mache, die Party vorbereite und mein Zimmer umkremple

In den nächsten Tagen war ich schwer beschäftigt. In der Schule nahm ich diverse VV unter die Lupe, wodurch ich zwei weitere Jungs ausschließen konnte. Der eine rollte das R total seltsam – das wäre mir aufgefallen –, und der andere hatte einen dunklen Flaum über der Oberlippe, aus dem vereinzelte Borsten standen. Und das wäre mir doch ganz sicher auch aufgefallen, oder? Der durfte es einfach nicht sein. Blieben noch sechs, die auf den ersten Blick infrage kamen.

Dana hatte inzwischen von allen herausgefunden, in welche Klasse sie gingen und wie sie hießen. Sie würde eines Tages wirklich eine gute Journalistin abgeben, so eine, die Skandale aufdeckt.

Nun mussten wir also zu Stufe zwei übergehen, dem Riechtest. Im Schulhaus selbst war das gar nicht so leicht, weil im Erdgeschoss wegen der Renovierung des Cafés seit ein, zwei Wochen ein chemisch-komischer Geruch nach frischer Farbe hing und von dort durchs ganze Gebäude zog. Das bedeutete, dass ich die VV entweder draußen beschnuppern oder richtig nah an sie ran musste.

Einem langhaarigen blonden VV rückten wir in der Schlange des Pausenverkaufs dicht auf die Pelle und stellten fest, dass er nach Zigaretten stank.

Einen Achtklässler namens Felix fragte Dana im Vorbeigehen nach seinem Parfüm und tat so, als würde er umwerfend duften, und Luzi, Fi und ich schnüffelten auch gleich an ihm. Aber er roch eher nach Billigdeo als nach Sommer.

Auf Elias, einen unheimlich großen Typen, den sich nicht mal Dana anzusprechen traute, schubste Fi mich auf dem Schulhof einfach spontan drauf, sodass ich ihm in die Arme fiel. Dummerweise kam genau in diesem Moment die Kackzte vorbei und lief ihm zwischen die Beine.

Schwarze Katzen bringen ja an sich schon Pech, aber schwarze *Kacktzen* bringen ein Kackpech, und so kam es, dass der Typ ins Stolpern geriet, sein Joghurtbecher durch die Luft segelte und wir zusammen zu Boden gingen. Ich spürte all meine blauen Flecken.

Aber statt aufzuschreien oder gar kindisch zu kichern oder rumzuquietschen, wie ich es in einer solchen Situation noch vor wenigen Tagen getan hätte, schloss ich die Augen und war ganz Nase. Mmmm. Dieser Elias roch zwar echt gut, doch mein Vampir war er nicht. Da war ich mir sicher. Vor allem, als er dann den Mund aufmachte und nur peinliches Zeug rauskam.

»Hallo, schönes Mädchen. Ist denn schon Weihnachten, weil Engel vom Himmel fallen?«

Ihh, ein Schleimer! Fast hätte ich doch noch gequiekt.

Natürlich lief exakt in diesem Augenblick auch noch Manuel vorbei und sah mich komisch an. Ich fragte mich, was das Schokoladenauge wohl von mir dachte. Zum Glück war er nicht beim Wölfchen, sonst hätte die Schlagzeile auf der Titelseite der nächsten Ausgabe wohl gelautet: *Milly macht sie alle platt!*

Ich lief rosarot an wie das Joghurt auf Elias' Jacke. Hastig sprang ich auf und entschuldigte mich immer wieder bei ihm – also bei Elias, nicht beim Joghurt.

Als wir schließlich außer Sichtweite waren, packte ich Fi am Handgelenk. »Mach so was nie wieder, verstehst du?«

Sie verschränkte die Arme. »Das mit der Katze, dafür kann ich nix. Eigentlich war das eine todsichere Schnüffelmethode, das musst du zugeben.«

»Eher eine todpeinliche«, gab ich zurück.

Fi streckte die Hand aus und stippte ihren Zeigefinger in den Joghurtklecks, den ich anscheinend am Kinn hatte. »Mmmm«, sagte sie. »Himbeer. Ich liebe Himbeer.«

»Und ich hasse deine Ermittlungsmethoden«, sagte ich und dann lachten wir.

Während ich vormittags in der Schule und nachts im Traum großen Jungs nachstellte, hatte ich nachmittags alle Hände voll mit den Vorbereitungen für meine Geburtstagsfeier zu tun.

Ich hatte beschlossen, nur Fi und Dana zu meiner Übernachtungsparty einzuladen. Natürlich wären bis auf Janja alle Mädchen aus unserer Klasse supergern dabei gewesen, aber so viele durfte ich nicht einladen. Und dann stellte sich die Frage: Wen sollte ich weglassen? Am wenigsten stieß ich die anderen vor den Kopf, wenn ich nur meine besten Freundinnen einlud und damit basta.

Luzi und ich verbrachten Stunden um Stunden damit, im Netz nach Tipps für die perfekte Pyjamaparty zu suchen. Papa musste Limo in rauen Mengen besorgen und Mama DVDs für mich bestellen. Nach langem Hin und Her hatten Luzi und ich uns gegen Hanni, Nanni und Co. entschieden und dafür einen Vampirfilm und zwei amerikanische Liebeskomödien ausgewählt. Im Einkaufszentrum erstanden wir eine ganze Palette an Nagellackfläschchen und im Internet stöberten wir nach günstigen Sleepshirts und Rezepten für selbstgemachte Gesichtsmasken. Ohne Luzi hätte ich das alles gar nicht geschafft.

Nur als ich Jungs ausdrucken wollte, um sie als Beweismittel für supersüße Ex-Freunde an meine Pinnwand zu hängen, wurde Luzi sauer und fragte mich noch einmal, ob ich Fi und Dana nicht doch die Wahrheit sagen wollte. Denn diesmal war Ole zwar nicht da, argumentierte sie, aber was wäre beim nächsten Geburtstag? Und beim übernächsten und beim überübernächsten und beim …

An dieser Stelle unterbrach ich sie und sagte, dass er bis dahin definitiv ausgezogen wäre – auch wenn ich natürlich insgeheim wusste, dass Luzi recht hatte. Wie so oft. Wenn ich so richtig echt mit Fi und Dana befreundet sein wollte, musste ich ihnen irgendwann alles beichten. Viel schlimmer wäre es, wenn es anderweitig ans Licht käme. Aber solche Gedanken schob ich ganz schnell wieder weg. Und wenn sie mich doch einholten, rannte ich rauf in mein Zimmer und fitzelte kindische Aufkleber von meinen Möbeln ab, um mich abzulenken.

Kennt ihr das, dass man alles plötzlich mit anderen Augen sieht, wenn man sich vorstellt, dass jemand zum ersten Mal zu Besuch zu einem kommt? Ich hatte mein Zimmer jedenfalls mit Fis und Danas Augen gesehen und war nicht schlecht erschrocken. Es war wirklich ein Kinderzimmer.

Die ganze Woche schuftete ich, um es in einen annehmbaren Zustand zu versetzen. Ein Maus- und zwei Schlümpfe-Poster sowie mehrere Klassenfotos aus der

Grundschule hatte ich von der Wand genommen. Dafür prangten dort nun die Skyline von New York (nicht, dass ich jemals dort gewesen wäre) und ein Plakat von einem Musical, das ich mir von unserem Bushäuschen geliehen hatte. Mit einem farbenfrohen, mit Silberfäden durchwirkten indischen Tuch aus unserer Verkleidungskiste hatte ich die Stelle verdeckt, wo ich mit fünf Jahren Papa, Mama, Ole und mich als Strichmännchen an der Wand verewigt hatte. Das dicke Märchenbuch war aus dem Regal verschwunden und die Zauberponybücher mit dem Samteinband in Pink ebenfalls. Stattdessen stapelten sich dort nun Zeitschriften.

Es machte Spaß, das Zimmer aufzupeppen, aber es war auch stressig. Wenn Luzi kam, musste ich nie irgendwas machen. Nicht mal aufräumen. Für Fi und Dana dagegen musste alles toller und erwachsener sein – mein Zimmer, und ich auch.

5. Kapitel

… in dem alles hervorragend läuft … bis alles schiefgeht

Am Samstag hatte Ole schon frühmorgens mit mürrisch-müdem Gesicht und einer riesigen Sporttasche das Haus verlassen. Gleich darauf hatte ich mir bei ihm noch diverse Fantasy-Bücher und Comics gemopst, um meinem Zimmer den letzten Schliff zu verleihen, und auch seinen großen Standspiegel einkassiert, den ich mit einer Lichterkette dekorierte.

Danach sperrte ich vorsorglich sein Zimmer ab, weil dort Fotos von ihm und seinen Freunden über dem Schreibtisch hingen. Das Foto von sich, das Ole auf einen Plastiktotenkopf an seiner Tür geklebt hatte, um ungebetene Gäste abzuschrecken, wollte einfach nicht abgehen.

»Sorry«, sagte ich zu Oles Piratenflaggen-Schädel und stülpte ihm eine Tüte drüber. »Plastik zu Plastik.«

Als Luzi am frühen Nachmittag an der Tür klingelte, staunte sie nicht schlecht. Mit Paps hatte ich bei mir ein Matratzenlager eingerichtet, sodass der komplette Fußboden ein einziges großes Bett war. Dort drapierten wir nun die Schlafshirts, die ich in meiner Milly-Spezialschrift mit fetten, sprayermäßigen Großbuchstaben verziert hatte. Neben einem lindgrünen Shirt mit »DANA-DARLING« und einem türkisfarbenen mit »FUNKEL-FI« drauf lagen auf den Matratzen auch ein himmelblaues mit »LIEBLINGS-LUZI« und ein zitronengelbes mit »MISS-KISS-MILLY«.

Danach rührten wir streng nach Rezept zwei Gesichtsmasken auf Kokosölbasis an und halfen Paps beim Gemüseschnippeln, weil ich mir seine berühmte Lasagne gewünscht hatte. Einen Kuchen gab es nicht, das war zu sehr Kindergeburtstag. Dafür stand das ganze Wohnzimmer voller Schalen mit Flips und Chips, Popcorn, Nachos und Dips. Auf Gummibärchen hatte ich ebenfalls verzichtet, weil ich Angst hatte, dass die aus irgendeinem Grund nicht lässig genug rüberkämen.

Irgendwie war das Leben mit zwölf und mit so tollen neuen Freundinnen wie Fi und Dana schon anstrengend, wenn man sich plötzlich Gedanken über die Coolness von Naschsachen machen musste. Mein Bauch bitzelte und kribbelte, als hätte ich einen ganzen Kasten Cola getrunken, und ich musste ständig aufs Klo sausen vor lauter Aufregung. Hoffentlich fanden die beiden mein Zimmer schön. Hoffentlich gefielen ihnen die Filme. Hoffentlich würde Bruno sich benehmen! Hoffentlich würde Mama sich benehmen. Hoffentlich hielt Paps uns vor dem Zubettgehen keinen Vortrag über richtiges Zähneputzen. Hoffentlich erwähnte keiner von ihnen Ole. Hoffentlich, hoffentlich, hoffentlich …

Dabei war alles perfekt. Auf dem Sofatisch standen in zwei weißen Porzellanschalen die Gesichtsmasken und ein Teller mit Gurkenscheiben bereit, die man sich noch zusätzlich auf die Augen legen konnte. In kleinen Papiertüten flackerten Teelichter und verbreiteten warmen Schein und orientalischen Duft. Überall lagen Kuscheldecken und Kissen.

Man kam sich vor wie in einem Beautysalon – bis auf Monster und Bruno, die herumschlichen und Unfug machten. Bruno brachte ständig den DVD-Stapel durcheinander und Monster fegte mit seinem Schwanz fast die Kerzen vom Sofatisch.

»Monster, du Erdferkel!«, quiekte Luzi, als er mit seiner langen Zunge über den Gurkenteller schlabberte. »Sollen wir die lieber wegwerfen?«, fragte sie mich.

Ich schüttelte den Kopf. »Nee, das war unsere einzige Gurke.« Wir grinsten uns an.

In dem Moment klingelte es an der Tür. Als ich aufmachte, hatte ich mal wieder eine Lockenmähne im Gesicht. »Wie cool hier«, rief Dana und drückte mich, während Fi links und rechts ein Luftküsschen neben meine Wange hauchte.

»Äh, ja klar«, kicherte ich nervös. »Legt eure Taschen einfach in die Garderobe, okay? Ich zeig euch als Erstes mein Zimmer.«

Luzi und ich bugsierten die beiden auf direktem Wege die Treppe nach oben. Beim Anblick unseres Nachtlagers und der Sleepshirts quiekten sie begeistert und zogen sich die Oberteile gleich über ihre Jeans und schon war die Pyjamaparty in vollem Gange. Ich packte mein Geschenk aus – Stoffmalfarben mit Glitzerpaste – und fiel ihnen gerührt um den Hals. Danach lackierten wir uns die Nägel passend zu den Shirts und Fi und Dana inspizierten mein Zimmer. Sie entdeckten sogar unter dem indischen Tuch mein altes Wandgekritzel, das sie *voll sweet* fanden.

»Wer ist das denn?«, wollte Fi wissen und deutete auf Ole.

Luzi und ich tauschten einen Blick. Einen Moment überlegte ich, ob das nicht vielleicht der richtige Zeitpunkt war, um ihnen die Wahrheit zu sagen. »Wisst ihr, ich habe …«, fing ich an. Dann verließ mich der Mut. »Ich habe mir damals immer einen großen Bruder gewünscht.«

Nächste Lüge. Sie fühlte sich dick und zäh auf meiner Zunge an und Luzi seufzte leise.

Als wir eine halbe Stunde später die Holztreppe nach unten trampelten wie eine Horde Elefanten, kamen Paps und Mama gerade mit Bruno, Monster und der Lasagne aus der Küche.

»Och, ist der süüüüß!«, kreischte Fi und nahm die letzten drei Stufen mit einem großen Satz. Bruno strahlte – offensichtlich fand er sich auch sehr süß – und ging ihr ein paar Schritte entgegen, doch Fi stürzte sich auf Monster und knuddelte ihn durch.

Dana sah aus, als hätte sie sich am liebsten auch auf Mama draufgeworfen. Stattdessen lief sie los und machte auf dem Tisch Platz für die Lasagne. Als Mama die schwere, dampfende Form abgestellt hatte, schüttelte Dana ihr ausführlich die Hand, als wolle sie sie gar nicht mehr loslassen, und verwickelte sie in ein Gespräch über ihre Bücher und das Schreiben und die Schülerzeitung.

Luzi und ich saßen dazwischen, mampften vergnügt und sahen zu, wie Bruno mit dem Finger auf seinem Teller kreisförmige Muster in die orangerote Soße malte und Fi Monster unter dem Tisch heimlich kleine Brocken Baguette und Lasagnestücke zusteckte. Das Essen wärmte meinen Bauch und machte mich träge und friedlich. Langsam begann ich, mich zu entspannen, und lehnte mich zurück. Lief doch alles super.

»Lust auf eine selbstgemachte Schönheitsmaske und einen Film?«, fragte ich, als alle Teller leergefuttert waren.

»Au ja.« Fi folgte mir zum Sofa und nickte anerkennend. »Sogar mit Gurkenscheiben.« Sie nahm sich eine und steckte sie sich in den Mund.

Luzi und ich warfen uns einen Blick zu und prusteten los.

»Nicht essen!«, rief Bruno. »Die sind von Monster…«

»Die sind doch für die Augen«, übertönte Luzi ihn schnell.

»Weiß ich doch«, meinte Fi. Sie legte sich zwei Scheiben auf die Augen und verzog den Mund zu einer lustigen Grimasse, sodass wir alle lachen mussten und Bruno die unrühmliche Geschichte mit Monster gleich wieder vergaß.

Während Mama und Paps abräumten und sich in die Küche verzogen, schnappte Luzi sich die Schüssel mit der Erdbeer-Avocado-Maske und verteilte sie erst auf ihrem und dann auf meinem Gesicht. Dana und Fi entschieden sich für die Kakao-Honig-Maske, und Luzi und ich pinselten sie ein, bis nur noch die Augen und der Mund ausgespart waren. Danach malten wir Bruno auf der einen Seite grün-rosa und auf der anderen kakaobraun an.

Es war ein voller Erfolg und ein riesiges Gekreisch und Gekicher. Wir schnitten Grimassen und machten Fotos voneinander. Dana und Fi legten sich Gurken auf, die ihnen natürlich ständig von den Augen rutschten, weil sie nicht stillhielten, und wir stippten gegenseitig die Finger in unsere Masken, während Monster mit Bruno kurzen Prozess machte und ihm kreuz und quer übers Gesicht schleckte, bis alles weg war.

»Jetzt hat er eine Hundesabber-Maske!«, rief Fi und knipste ihn.

»Monsterspotze-Maske!«, korrigierte ich, und dann warfen wir uns weg vor Lachen und Bruno strahlte, weil er dachte, das wäre was Tolles. Oh, ich liebte diesen Geburtstag schon jetzt. Selten hatte ich so viel Spaß gehabt.

Als die Masken bröckelig wurden, wuschen wir uns die Gesichter und stimmten über den Film ab. Wie ich es mir schon gedacht hatte, wollten Dana und Fi unbedingt eine Liebeskomödie sehen. Bruno war unterdessen von Mama grundgereinigt und ins Bett verfrachtet worden. Keine Ahnung, wohin sie Paps und sich selbst verfrachtete, aber von ihnen war glücklicherweise nichts mehr zu sehen.

Wir schnappten uns Popcorn und Nachos und kuschelten uns in die Decken und Kissen. Die Liebeskomödie war, wie Liebeskomödien eben so sind. Ein bisschen lustig, ein bisschen albern und sehr, sehr kitschig. Zum Glück war Monster da und zerstörte jegliche Romantik, indem er lautstark pupste. Fi und der Lasagne sei Dank! Ich wedelte mir mit der Hand vor dem Gesicht hin und her, kicherte die peinlichen Kussszenen einfach weg und beobachtete meine Freundinnen. Während Fi und Dana gebannt auf den Bildschirm starrten, zerkaute Luzi krachend Nachos.

Plötzlich hörte ich ein seltsames Geräusch, wie

wenn sich ein Schlüssel im Schloss dreht. Dann ein Klicken, wie wenn eine Haustür zufällt.

Haustür??? Nanu?

In der Garderobe rumorte es und in meinem Bauch auch. Auf einmal überkam mich ein ganz komisches Gefühl.

Und dann ging die Wohnzimmertür auf. Neben mir schnappte Luzi nach Luft. Mir wurde erst heiß. Dann kalt. Dann eiskalt. Ich riss die Augen und den Mund auf. Sogar meine Nasenlöcher weiteten sich, behauptete Luzi später. Ich starrte, als hätte ich einen Geist gesehen. Ich schüttelte den Kopf. Ich kniff mich in den Arm. Aber es half nichts: Ole wollte einfach nicht verschwinden.

Ja, ihr habt richtig gelesen: Ole. Was machte der denn hier? Der war doch weg. Aber dafür, dass er weg war, war er irgendwie sehr *da*.

Mit der Sporttasche über der Schulter humpelte er wortlos durchs Wohnzimmer und machte sich auf den Weg nach oben.

Fi und Dana hatten nur Augen für den Film, wo schon wieder geknutscht wurde. »Wer war'n das?«, fragte Fi mit einem kurzen Seitenblick in Richtung Treppe, wo inzwischen nur noch Oles Beine zu sehen waren. Der linke Knöchel unter seiner schwarzen Sporthose war weiß bandagiert.

»Hmpf...«, ächzte ich, »äh, P-Papa. Papa war wohl noch joggen. Hab gar nicht gemerkt, wie er rausgegangen ist. Na ja, super Film eben, ne?« Ich lachte schrill.

Dana guckte nun auch. »Der humpelt ja.«

»Alte Leute eben«, sagte ich und zuckte die Schultern.

Das schien ihnen einzuleuchten. Sie griffen in die Chipsschale und wandten sich wieder dem Fernseher zu, wo das knutschende Pärchen gerade mit dem Ruderboot umkippte und ins kalte Wasser fiel.

Genau so fühlte ich mich auch. Aber noch war nichts verloren. Wenn Ole jetzt oben in seinem Zimmer blieb, dann konnte noch alles gut werden. Ich musste zu ihm.

Ich sprang auf. »Äh … ich muss …«

Fi sah mich an.

»Mal«, krächzte ich.

»Was?«

»Muss mal«, sagte ich und wollte nach oben rennen.

Da knarzte die Treppe wieder und ein weiß bandagierter Knöchel kam in Sicht, dann Oles Beine, Oles Bauch und zuletzt Oles Gesicht. Schmerzverzerrt und genervt.

»Kann mir mal einer verraten, warum mein Zimmer zugesperrt ist?«, maulte er mich schon von der Treppe aus an. Diesmal hatte er die volle Aufmerksamkeit – auch von Fi und Dana. Zu kitschiger Geigenmusik drehten sie sich um und starrten ihn an.

»Sag mal«, meinte Dana, »ist das nicht der Typ, der dich damals am ersten Schultag mit dem Mofa zur Schule gebracht hat und zum Abschied küssen wollte?«

Fi nickte. »Genau. Dein Ex. Was macht der denn hier?«

Ole hatte inzwischen die letzten Treppenstufen genommen und baute sich vor mir auf.

Mein Mund war auf einmal staubtrocken. Ich schluckte und schluckte. »Äh … hi«, stammelte ich mit zittriger Stimme. »Was machst du denn hier?«

Falsche Frage.

»Ich wohne hier«, erwiderte Ole und streckte die Hand aus. »Meinen Zimmerschlüssel!« Fi und Dana sahen mich mit zusammengekniffenen Augen an und zählten eins und eins zusammen.

Ich senkte den Blick. Konnte sich bitte der Erdboden auftun und mich verschlucken?

»Wird's bald, Schwesterherz?«, sagte Ole und wackelte mit den Fingern. »Ich hab mir beim Training den Knöchel verstaucht und der Trainer hat mich heimgefahren. Hab keine Lust, hier noch länger rumzustehen!«

»Schwester«, flüsterte Fi.

»Bruder«, flüsterte Dana.

»Okay«, flüsterte ich. »Schon unterwegs.«

Damit floh ich nach oben, wobei ich auf der Treppe Fis und Danas Blicke in meinem Rücken spürte, verschwand in meinem Zimmer und kramte in dem

Durcheinander auf meinem Schreibtisch nach seinem Schlüssel. Meine Wangen brannten und meine Augen auch. Durch den Tränenschleier sah ich alles nur noch verschwommen.

Wo hatte ich das verflixte Ding bloß hingelegt? Ein Papierstapel rauschte mit flatternden Blättern zu Boden. Ein Berg Zeitschriften folgte, dann mein Federmäppchen. Eine Schublade nach der anderen wühlte ich durch.

Hinter mir kam Ole ins Zimmer gehumpelt. »Sag mal, was ist denn mit deinen zwei neuen Freundinnen da unten los?«, fragte er. »Die haben mich angeguckt wie einen Alien. Und jetzt machen sie voll den Aufstand und motzen Luzi an und packen ihr Zeug und wollen sich abholen lassen.«

»WAS?«, schrie ich. »Die wollen heim?«

Endlich hatte ich den verflixten Schlüssel gefunden. Ich drückte ihn Ole vor die Brust, wischte mir mit dem Handrücken die Tränen aus dem Gesicht und raste nach unten.

Dort saß Luzi allein auf dem Sofa. Auch sie hatte rote Augen.

»Wo sind sie?«, rief ich.

Luzi wies mit dem Kopf Richtung Vorgarten. »Draußen. Sie warten auf Fis Mutter.«

Ich merkte, wie meine Knie ganz wackelig wurden. »Konntest du sie nicht überreden, dazubleiben?«, fragte ich leise und tastete nach der Sofalehne.

Luzi schüttelte den Kopf. »Keine Chance.«

Ich rannte weiter und riss die Haustür auf. »Fi, Dana, kommt wieder rein. Bitte! Ich… ich kann euch das erklären.«

Doch die zwei standen nur mit versteinerten Mienen vor dem Haus und drückten ihre Taschen an sich.

»Lügnerin«, sagte Fi.

Dana sagte nichts. Sie sah mich nur an, und das war noch viel schlimmer. Dann drehten sie mir den Rücken zu.

Ich zog den Kopf ein und die Haustür wieder zu. Mit zittrigen Beinen lief ich in die Küche, wo ich aus dem Fenster auf die Straße hinausstarrte. Luzi stellte sich hinter mich und legte mir den Arm um die Schultern.

Wir sahen zu, wie draußen Frau Rauschmann, die Dorftratschtante, mit ihrem Kläffer vorbeikam und Fi und Dana neugierig musterte, während Bingo sein kurzes Bein an unserem Gartentor hob.

Nach wenigen Minuten hielt ein großer silbergrauer Geländewagen vor unserem Haus, und Fi und Dana stiegen ein, ohne sich noch ein einziges Mal umzudrehen.

Ich konnte ihnen nur noch hinterhersehen, wie sie in einer dicken weißen Auspuffwolke davonbrausten. Und so wie die roten Rücklichter verschwammen und der weiße Waber sich in Luft auflöste und nichts als Dunkelheit blieb, lösten sich auch meine Träume,

Hoffnungen und schönen neuen Freundschaften in Luft auf und in mir drin wurde es genauso kalt und düster wie die Novembernacht.

Ich drehte mich zu Luzi um und begann zu schluchzen, und sie nahm mich in den Arm und wiegte mich hin und her.

Am Sonntag schien die Sonne, und das Herbstlaub leuchtete in Currygelb, Ketchuprot und Kürbisorange. In mir drin herrschte Dauerregen und Novembergrau.

Luzi war nach dem Frühstück nach Hause gegangen. »Ich halte immer zu dir«, hatte sie zum Abschied gesagt. »Egal was.« Doch nicht mal das konnte mich aufheitern.

Mama, die das Debakel erst am Morgen mitbekommen hatte, versuchte, mich zu einem Herbstspaziergang zu überreden. Aber ich wollte nicht. Paps schlug mir vor, wir könnten zusammen Mathe lernen. Aber das wollte ich noch weniger.

Ängstlich verfolgte ich den Klassenchat auf meinem Smartphone. Würden sie etwas über mich schreiben? Und wenn ja, was? Bestimmt würde Dana eine treffende Formulierung finden. Zum Beispiel, dass ich nicht Miss Kiss, sondern Miss Beschiss war.

Ein paarmal versuchte ich, bei ihr und Fi anzurufen, doch sie gingen nicht dran.

Als ich nachmittags noch immer in meinem Zimmer herumhing und wie hypnotisiert auf mein Handy guckte, kassierte Mama es ein und verdonnerte mich dazu, mit Bruno das Laub auf der Terrasse zusammenzufegen.

Ich hatte nicht einmal die Kraft zu maulen, dass *ich* schuften musste, während Ole nur faul auf dem Sofa rumlag. Aber da hätte ich heute sowieso keine Chance gehabt wegen seiner Verletzung. So schlimm konnte es übrigens gar nicht sein mit seinem Knöchel, denn er grinste mich schon den ganzen Tag an, seit er mitbekommen hatte, was Sache war. Dabei war er doch an allem schuld, oder?

Wütend schlug ich mit dem Besen auf die Blätter ein und schrubbte und schrappte auf der Terrasse herum. Bruno war überhaupt keine Hilfe, sondern schrie ständig nur »Attacke« und warf sich in den Blätterhaufen, den ich zusammengekehrt hatte. Als er merkte, dass er mich damit nicht ärgern konnte, versuchte er, mir eine Ladung Blätter hinten unter die Jacke zu stecken, woraufhin ich ihn packte und wir uns auf der Terrasse hin und her wälzten, bis wir schließlich beide im Blätterhaufen landeten. Dort schlang er seine kurzen Arme um mich und gab mir ein Küsschen.

»Milly mag«, sagte er, und da musste ich zum ersten Mal an diesem Tag lächeln.

Beim Gedanken an den Montag und die Schule verging mir das Lächeln allerdings gleich wieder. Wie sollte ich Dana und Fi nur gegenübertreten? Und den anderen? Würden die beiden überall rumerzählen, dass ich eine Lügnerin war? Dann war ich geliefert. In meinem Hals formte sich ein dicker Kloß und im Bauch auch.

Abends setzte Mama sich zu mir ans Bett.

»Oh Mama, was soll ich jetzt machen?«, fragte ich sie.

»Man könnte jedenfalls glatt ein Buch draus machen«, meinte sie und ihr Blick glitt in weite Ferne. Doch als ich »Mama!« heulte, war sie sofort wieder ganz bei mir und streichelte mir über den Kopf. Und dann überlegten wir zusammen, was zu tun war.

»Du musst noch mal versuchen, mit Fi und Dana zu reden«, sagte sie.

»Und wie, wenn sie nicht ans Telefon gehen?«

Mama wiegte den Kopf hin und her. »Gib ihnen ein bisschen Zeit. Manchmal muss man sich erst abregen. Also erst genug aufregen, bevor man sich wieder abregen kann. Das kennst du doch, hm?« Sie lächelte mich aufmunternd an.

Ich nickte widerstrebend. »Und wann ist das?«

Sie zuckte mit den Schultern. »Das weiß ich leider auch nicht.«

Und da liefen meine Augen wieder über und sie nahm mich in die Arme und sagte: »Ach, meine kleine Milly-Maus, meine liebe kleine Milly-Maus.« Wie früher, wenn ich hingefallen war.

Nachts konnte ich nicht schlafen. Irgendwann tigerte ich zu meinen Eltern und quetschte mich mit unter Mamas Bettdecke. Meine kalten Füße schob ich auf Papas Seite hinüber und drückte sie gegen seine warmen Waden. Einschlafen konnte ich aber auch hier nicht, weil Paps sein Gebläse anhatte.

Schrrrrrz, schnrrrch!

Wie Mama bei dem Krach schlafen konnte, war mir ein Rätsel. Ich griff hinüber und hielt ihm den Mund zu.

Jetzt war es so gespenstisch still, dass ich Angst bekam und meine Hand schnell wieder wegnahm. Paps knurrte unwillig, drehte sich auf die andere Seite – und schnarchte weiter.

Nach einer guten Viertelstunde gab ich auf und zog wieder ab. Als ich an Brunos Tür vorbeikam, zögerte ich einen Moment lang, dann drückte ich die Klinke hinunter. Da lag er im Schein seiner Glühwürmchenlampe und schlummerte friedlich in seiner Bettwäsche mit den roten Autos. Und da tat ich etwas, was ich noch nie getan hatte, und schlüpfte mit dazu.

Er gab ein Geräusch irgendwo zwischen einem Grunzen und einem Nuckeln von sich, rückte ganz nah an mich ran und schnaufte mir seinen warmen, süßlichen Atem direkt in meine Nase rein.

So schliefen wir ein.

6. Kapitel

... in dem ich auf Rücken starre, im Aquarium sitze und zielsicher den Falschen treffe

Mir blieb echt gar nichts erspart! Am nächsten Morgen wachte ich auf und hatte Brunos Arm und mehrere Knitterfalten im Gesicht. Im Spiegel sah ich genau den Abdruck seines Ärmelbündchens quer über meiner Wange und meinem rechten Auge. Voll dämlich sah das aus. Fast so blöd wie damals im Kindergarten, als mich eine Mücke viermal ins Augenlid gestochen hatte. »Quetschauge«, hatte die Flatter mich damals tagelang genannt.

Ich seufzte. Zu keinem konnte man nachts gehen. Zu Paps nicht wegen dem Gebläse, zu Mama nicht wegen Paps, zu Bruno nicht, weil man danach entstellt war, und zu Ole grundsätzlich nicht.

Mama gab mir einen Schmatz auf die Nasenspitze, als sie das Debakel sah, und versuchte, das komische

Muster mit ihrer Gesichtscreme wegzurubbeln. Ein bisschen half es auch. Eine Dreiviertelstunde später verließ ich trotz Dunkelheit und Graupelschauer das Haus mit Sonnenbrille im Gesicht.

Ich war dermaßen durch den Wind, als würden wir gleich Deutsch-, Englisch- und Matheschulaufgabe hintereinander schreiben. Im Bus schlenkerte ich so sehr mit den Füßen, dass ich ständig gegen meinen Vordersitz donnerte und der Mann vor mir sich umdrehte und mich böse ansah.

Als wir über den Schulhof liefen, griff ich nach Luzis Hand und sie drückte meine ganz fest. Über Nacht hatte es gefroren und auf der VIP-Bank glitzerte Raureif im Laternenlicht. Bei dieser Kälte waren die anderen gleich ins Klassenzimmer gegangen, doch Luzi und ich ließen uns Zeit und betraten es erst mit dem Gong und dem Fischstäbchen.

Mit gesenktem Kopf setzte ich mich auf meinen Platz und holte meine Sachen aus dem Rucksack. Dabei traute ich mich kaum zu atmen. *Bin gar nicht da. Bin überhaupt gar nicht da.*

Heimlich griff ich noch kurz nach dem Arm von Herrn Müller. Den hatte ich nämlich in meine Tasche gepackt – also meinen Teddybär, Herrn Müller. Dann erst warf ich vorsichtig einen Blick durch meinen Haarvorhang. Fi und Dana, die ein Stück vor mir in der dritten Reihe saßen, tippten auf ihren Handys herum. Keiner starrte mich an, nicht mal Janja grinste höhnisch. Ich atmete auf. Aber nur ganz kurz und nur ein wenig.

Den ganzen Tag saß ich wie auf heißen Kohlen. Im Unterricht hockte ich mit hochgezogenen Schultern da und betrachtete ängstlich Fis und Danas Rücken, und in den Pausen wich Luzi nicht von meiner Seite.

Doch die befürchtete Katastrophe blieb aus. Anscheinend hatten die beiden dichtgehalten und dafür hätte ich sie am liebsten umarmt. Aber sie guckten ja nicht mal in meine Richtung.

Zum Glück fiel niemandem auf, dass zwischen Fi, Dana und mir was nicht stimmte, denn Janja spielte sich mal wieder furchtbar auf und gab mit dem supertollen Praktikumsplatz an, den sie ergattert hatte. In einer Werbeagentur nämlich. Luzi und ich verdrehten die Augen. Wenn man wusste, dass Janjas Vater eine Werbeagentur leitete, war es natürlich nur noch halb so sensationell. Das hätte ich auch gekonnt.

Schade, dass mein Paps Zahnarzt war. Damit konnte man erstens niemanden beeindrucken, und eklig war es noch dazu, anderen Leuten im Mund rumzuglotzen.

Ich biss in meinen Apfel. »Hast du schon eine Idee, was du machst?«, fragte ich Luzi.

Sie wiegte den Kopf hin und her. »Leon hat mir angeboten, mit ihm zusammen im Sportgeschäft seiner Eltern mitzuhelfen.« Sie strahlte mich mit ihren großen blauen Luziaugen an. »Soll ich fragen, ob du auch mitmachen kannst?«

»Das ist lieb, aber lass mal.« Ich nahm den letzten Bissen von meinem Apfel und schüttelte den Kopf. Darauf hatte ich noch weniger Lust als auf fremde Zähne. Überhaupt hatte ich auf gar nichts Lust. Nicht mal Mister Biss interessierte mich mehr. Dabei waren mir zwei der drei letzten Verdächtigen heute schon über den Weg gelaufen. Genau wie auch die Kacktze, die schon wieder um die VIP-Bank herumstrich. Bei ihrem Anblick wallte Wut in mir auf. Eine sehr große, sehr wallige Wut.

Ich ließ den Apfelbutzen fallen und verpasste ihm noch in der Luft einen gezielten Tritt, mit dem ich ihn in Richtung Baumstamm beförderte.

Guter Schuss, dachte ich.

Aber es war ein Stuss-Schuss. Statt die Kacktze zu treffen, knallte der Apfelbutzen voll gegen Manuels Knie und zerschellte dort. Natürlich an demjenigen, das er sich bei unserem Sturz verletzt hatte und immer noch heimlich rieb. Ich hatte es im Unterricht gesehen.

Er zuckte zusammen und sah sich um. Ich schaute zwar schnell weg, aber ich hätte schwören können, dass er genau wusste, was Sache war. Als ich wieder hinguckte, ruhten seine dunklen Augen noch immer auf mir und er grinste. Lachte er mich jetzt an oder aus? Bestimmt lachte er mich *aus*.

In den nächsten Tagen passierte nicht viel. Alles rauschte irgendwie an mir vorüber. Ich kam mir vor wie in einem Aquarium und ich war der Fisch. Ich konnte nur dumm ein Stück auf- und dann wieder abschwimmen. Wie in Wartestellung. Hin und her und her und hin. Draußen vor dem Aquarium ging das Leben weiter, und ich sah, wie die anderen miteinander redeten und sich aufzogen und lachten. Manchmal guckte jemand zu mir rein, allen voran Luzi. Aber ich konnte nichts tun. Nur dumm rumschwimmen und *blubb* machen und mit großen runden Fischaugen zurückglotzen.

Überhaupt wurde unheimlich viel geguckt. Ich merkte, dass das Fischstäbchen mich auffallend oft musterte. Vielleicht verstand er mich besser als alle anderen. Er war schließlich selbst eine Fischnatur und ziemlich panne.

Auch Manuel guckte manchmal zu mir rüber. Wahrscheinlich immer, wenn ihm gerade das Bein wehtat. Am liebsten hätte ich ihn angeschrien: »Glotz nicht so, Schokoauge!«, denn auf vorwurfsvolle Blicke konnte ich echt verzichten. Mir reichte mein schlechtes Gewissen auch so schon.

Ich dagegen guckte weiterhin von meiner Bank in der vorletzten Reihe auf Fis und Danas Rücken in der dritten.

An Tag drei guckte Dana sich ganz kurz um und ich schnell weg.

An Tag vier guckte ich kurz Dana ins Gesicht und sie schnell weg.

An Tag fünf guckten wir uns beide an und keine weg.

An diesem Nachmittag ging sie an ihr Handy, als ich anrief.

»Na?«, meldete sie sich.

»Äh«, machte ich. Mehr fiel mir nicht ein. Ich war völlig überrumpelt, weil ich null damit gerechnet hatte, dass sie drangehen würde.

Einen Augenblick lang herrschte Stille.

»Und um mir das zu sagen, hast du angerufen?«, fragte sie dann.

Ich schüttelte den Kopf, bis mir einfiel, dass sie das ja nicht sehen konnte. »Nein … ich …«, stammelte ich. »Ich wollte mich«, ich holte tief Luft, »bei dir entschuldigen. Es war saublöd von mir, euch anzuschwindeln.«

»Stimmt.«

Ich schluckte. Jetzt hätte ich sie gerne gesehen – ob sie grinste oder ernst schaute.

»Warum hast du das überhaupt gemacht?«, fragte Dana.

»Weil ich voll panne bin«, platzte es aus mir heraus. Am anderen Ende der Leitung ertönte ein Schnaub-Prusten. Lachte sie? Ich wurde etwas mutiger. »Na ja, mein großer Bruder Ole musste mich zur Schule bringen, weil ich so spät dran war, weil wir uns gestritten haben, weil er mich nicht ins Bad gelassen hat …«

Langsam, Milly! »Also, was ich sagen wollte: Wir haben uns gestritten, und ich habe ihm gesagt, er bräuchte sich nicht so ewig im Bad aufbrezeln, ihn würde doch sowieso keine küssen. Und um mir das heimzuzahlen, hat der Idiot versucht, mir zum Abschied einen Kuss zu geben, und … äh.« Ich verstummte.

Dana lachte.

»Das ist nicht witzig«, murmelte ich kleinlaut. »Was hätte ich denn sagen sollen? Dass mein Bruder mich küssen wollte? Dann hättet ihr doch alle gedacht, ich habe einen an der Klatsche.«

»Stimmt«, sagte Dana wieder. Doch diesmal klang ihre Stimme anders. Weicher. Jetzt war ich mir ziemlich sicher, dass sie lächelte. »Große Geschwister können manchmal echt nerven.«

»Stimmt«, sagte diesmal ich. »Äh … ich wusste gar nicht, dass du welche hast.«

»Tja«, meinte sie. »Ich habe eben auch so meine Geheimnisse. Sophie ist so alt, die ist schon ausgezogen und studiert.«

Ich seufzte. Wenn es nur bei Ole auch bald so weit wäre! Dann wäre das alles nicht passiert.

Wir schwiegen einen Moment lang.

»Sag mal, was ist mit Fi?«, fragte ich dann. »Meinst du, die versöhnt sich auch mit mir?«

»Wer sagt denn, dass ich mich mit dir versöhnt habe?«

»Hast du nicht?«

Dana lachte. »Doch. Habe ich. Aber lüg mich *nie* wieder an.«

»Versprochen«, sagte ich aus tiefstem Herzen.

»Gut.«

»Und was ist jetzt mit Fi?«

Dana seufzte. »Keine Ahnung. Sie ist immer noch unheimlich sauer auf dich. Und ich halte mich da raus, das musst du schon selber mit ihr klären.«

»Aber sie geht nie ans Telefon.«

»Kleiner Tipp: Der muss man Zeit lassen. Sie ist ein bisschen nachtragend.«

»Ein bisschen?«, fragte ich.

»Ein bisschen sehr«, sagte Dana.

Dann schwiegen wir wieder.

»Und sonst so?«, fragte Dana.

»Was soll schon sein?«, meinte ich.

»Was macht Mister Biss?«

»Nix.«

»Hast du gar nichts mehr unternommen?« Es klang fassungslos.

»Nö.«

»Warum?«

»Weil...« Ja, warum eigentlich? »Weil das mit dir und Fi wichtiger war«, sagte ich wahrheitsgemäß.

Dana schnaubte. Aber es war ein freundliches Schnauben. »So ein Quatsch«, sagte sie. »Das hat doch nichts mit mir und Fi zu tun. Willst du warten, bis du schwarz wirst, nur weil Fi noch böse auf dich ist?«

Konnte es sein, dass Dana mindestens genauso heiß darauf war, den geheimnisvollen Mister Biss zu enttarnen wie ich? Ich musste kichern.

»Was ist daran so lustig?«

»Du bist noch neugieriger auf ihn als ich.«

»Berufskrankheit«, sagte sie. Und dann lachten wir und überlegten, wie wir am besten weiter vorgehen sollten. Und am Ende waren wir wieder Freundinnen.

7. Kapitel

… in dem ich in Lebensgefahr schwebe, Schnecken pflege und den dämlichsten Psychotest aller Zeiten mache

Kann man eigentlich vor Langeweile sterben? Wenn ja, dann schwebte ich am Wochenende in akuter Lebensgefahr. Warum sollte es sonst auch »sterbenslangweilig« heißen?

Papa saß noch immer über der Jahresabrechnung von seiner Praxis, Mama saß über ihrem neuen Roman und Ole saß wie ein Pascha auf dem Sofa und ließ sich nur noch bedienen. Wenn man motzte, er solle sich sein Zeug selber holen, dann motzten Mama und Paps auch immer gleich, dass der arme Ole eben verletzt wäre. Und dann grinste er mich saublöd an – natürlich ohne dass die anderen es mitbekamen – und kommandierte mich weiter herum nach dem Motto: »Hol dem armen Ole mal ein Glas Apfelschorle.«

Ich hasse ihn. Kann man sich von Brüdern eigentlich scheiden lassen?

Jetzt denkt ihr vielleicht: Warum hat sie denn nicht eine Freundin angerufen? Aber Luzi war mit ihren Eltern Gletscherskifahren, Dana war bei einem Familientreffen in Braunschweig und zwischen Fi und mir herrschte immer noch Funkstille.

Irgendwann war ich so verzweifelt, dass ich sogar Englischvokabeln lernte und Bruno fragte, ob er mit mir spielen wollte. Sonst fragt ja immer *er mich* und ich verdrehe dann die Augen und stöhne und er muss bitte, bitte sagen.

Obwohl er noch so klein ist, hat er irgendwie spitzgekriegt, dass ich wirklich was von ihm wollte, und den Spieß umgedreht. Diesmal musste *ich ihn* anflehen. Wie tief kann man sinken?

Aber ich muss zugeben, es war erstaunlich schön mit Bruno, Rasi, Hecki, Beeti 1 und Beeti 2. Falls ihr euch fragt, wer das ist: Schnecken natürlich. Und falls ihr euch ferner fragt, ob Rasi so schnell ist oder die Kurzform von Rasmus: beides falsch. Bruno benennt seine kleinen schleimigen Freunde nach Fundort. Rasi saß im Rasen, die zwei Beetis im Beet und so weiter und so fort. Bruno entdeckte auch noch Terrassi und Komposti. Jetzt wohnen die sechs in einem alten Aquarium, in dem Oma und Opa früher Fische gehalten haben.

Mit Schnecken hat man eine Menge zu tun. Wir

wechselten die Erde aus, legten ihnen frische Salatblätter und Gurkenscheiben hinein und schütteten Wasser in eine flache Schüssel. Bruno organisierte Eierschalen, Rinde und einen kaputten Blumentopf. Die Eierschalen brauchen sie, damit ihr Häuschen schön stabil bleibt, und aus der Rinde und dem Blumentopf bauten wir ihnen neue Verstecke.

Danach saß Bruno auf meinem Schoß, wir tranken Apfelschorle und sahen den Schnecken beim Futtern, Rumkriechen und Schleimen zu, und er erklärte mir, wer wer war und welche Schnecke wie tickte.

Es war sehr friedlich. Ich kuschelte mich an ihn, die Sonne schien und auf einmal kam mir alles andere nur noch halb so wild vor und Fi war weit weg.

Und wie wir da so gemütlich saßen und ich die Schnecken im Aquarium beobachtete, merkte ich, dass ich selbst nicht mehr drin war – ihr wisst schon: in diesem Milly-Gefühlsaquarium. Ich war wieder da. Hurra!

Dana war auch wieder da. Aus Braunschweig und an meinem Telefon.

Statt einer Begrüßung schrie sie mir »Stufe zwei bis drei!« ins Ohr. »Bring morgen Geld mit!«

»Hä?«, brachte ich mal wieder meinen Allzweckkommentar an.

»Morgen ist dein Glückstag! Pass auf, mir ist da wieder was eingefallen, was ich am Freitag am Schwarzen Brett entdeckt habe. Da hing nämlich ein Zettel, auf dem stand, dass Jens Mathenachhilfe gibt!«

»Welcher Jens?«, fragte ich.

»DER Jens. VV Nummer eins. Jens Scharchberger.«

»Oh.« Mehr brachte ich nicht raus. Mein Gehirn war plötzlich wie ausgeknipst.

»Und er ist voll das Schnäppchen. Sieben Euro die Stunde.«

Schweigen.

»Ist das nicht super?«

»Ja ... ja, klar. Da kann er mir mal ein Eis ausgeben, wenn wir uns kennengelernt haben. – Falls das jemals passiert«, fügte ich noch leise hinzu.

»Das passiert. Und zwar morgen.«

»WAAAS?«

»Ich hab eine Nachhilfestunde für dich bei ihm klargemacht.«

Ich schluckte.

»Nachhilfe in Sachen Liebe«, trällerte sie.

»Dana!«

»Oh, 'tschuldigung. Dich interessiert natürlich nur, wer es war, der dich da geküsst hat. Schon klar.« Ich konnte ihr breites Grinsen fast durch die Leitung hindurch sehen. »Aber wenn er es ist und dir gefällt, dann angelst du ihn dir!«

Ich hatte beschlossen, Mama jetzt immer direkt zu fragen, wenn ich was wissen wollte. Auf so endlose Recherchen, bei denen sowieso nichts rauskam, wie damals mit der Küsserei, hatte ich echt keine Lust mehr.

»Mama«, fragte ich deshalb beim Abendessen. »Wie angelt man sich eigentlich einen Jungen?«

Papa verschluckte sich an der Tomatensoße und hustete.

Ole zog mit den Fingern eine lange Nudel aus dem Spaghettiberg auf seinem Teller, ließ sie über seinem Kopf baumeln und schnappte danach wie ein Karpfen. »Mit einer Angel, einem Haken und einem Wurm natürlich«, nuschelte er und saugte die Nudel ein.

»Ole!«, sagte Mama.

»Ich will auch«, krähte Bruno und hielt sich seinen Teller über den Kopf. Als nichts kam, kippte er ihn immer weiter, bis die ganze Ladung ins Rutschen geriet und auf den Boden pflatschte. Das alles ging so schnell, dass Papas Rettungsversuch zu spät kam.

»Bruno!«, schrie Mama und machte sich mit Paps zusammen daran, die Nudeln aufzusammeln. »Warum willst du das denn wissen«, fragte sie beiläufig, während sie auf allen vieren am Boden herumkroch.

Zum Glück kann ich lügen, ohne rot zu werden. »Für eine Freundin.«

»Aha.« Mama tauchte wieder auf und nickte.

»Okay, erstens: Verstell dich nicht, sondern sei einfach du selbst. Weil genau so muss der Junge dich nämlich mögen – also deine Freundin natürlich. Zweitens: Höre ihm interessiert zu, wenn er was erzählt, und lache über seine Witze. Das mögen Jungs. Und erwachsene Männer auch noch«, fügte sie mit einem Schmunzeln hinzu. »Und drittens: Gib ihm eine Chance, dein Held zu sein.«

Wo hatte sie denn den Spruch her? Paps und Ole sahen sie entgeistert an. Aber an sich klang es einleuchtend. Ist euch schon mal aufgefallen, dass so ziemlich alles im Leben drei Stufen hat? Mamas Jungs-Angel-Plan, Fis Seh-, Riech- und Geschmackstest, Danas Vampirplan (erst VV 1, dann VV 2, dann VV 3 abchecken), ja sogar beim Lügen war es so. Erstens: Lüge auftischen, zweitens: auf heißen Kohlen sitzen, und drittens: die Quittung kriegen.

An diesem Abend konnte ich nicht einschlafen, weil ich so alles auf einmal und alles total war. Total traurig, dass Fi immer noch böse auf mich war. Total froh, dass ich mich wieder mit Dana versöhnt hatte. Und total wach, weil ich wegen Jens morgen total aufgeregt war.

Es war schon kurz vor neun, als Luzi mir schrieb, dass sie mir auf dem Rückweg vom Skifahren noch schnell eine Mädchenzeitschrift in den Briefkasten geworfen hatte. *Seite 65!!!*, simste sie mir mit drei Ausrufezeichen.

Ich stand noch einmal leise auf und hopste barfuß über die eiskalten Steinplatten zum Briefkasten. Zurück im Bett blätterte ich nach ganz hinten, wo es zwei Psychotests gab. In einem ging es darum, ob man eine gute Freundin war, der andere hieß: »Schmetterlinge im Bauch oder nur zu viel Sprudel getrunken – bin ich verliebt?«

Vorsichtshalber überprüfte ich nochmals die Seitenzahl. Es war 65. Was wollte Luzi damit andeuten? Glaubte sie am Ende, dass ich in meinen … äh … den Vampir verliebt war? Langsam regte mich das wirklich auf. Warum dachten alle, ich wäre verknallt?

Aber noch mehr regte mich auf, dass ich mich insgeheim selbst fragte, warum ich so unbedingt herausfinden wollte, wer es war. Hatten die womöglich recht? Konnte es tatsächlich sein, dass ich mich verliebt hatte? Ich? Milly Anne Kissinger, das Mädchen mit der Jungsallergie?

Mir wurde ein bisschen kribbelig im Bauch. Ich holte mir einen Stift und legte los.

Frage 1: Wie lange kennt ihr euch schon?
a) Ewig
b) Ein bis zwei Jahre
c) Erst kurz

»Gar nicht« gab's nicht.

Frage 2: Was gefällt dir an ihm?

a) Das Aussehen

b) Einfach alles

c) Der Charakter

»Wie er küsst« gab's nicht.

Frage 3: Was verbindet euch?

a) Die Schule

b) Eigentlich nichts

c) Ein gemeinsames Hobby

Galt Küssen als Hobby?

Nach der dritten Frage bekam ich Wut und kritzelte das Blatt mit meinem Kuli voll, bis alles unleserlich war. So, dem Test hatte ich es aber gegeben. Der war total dämlich. Ich meine, man musste doch bei so einem Verknalltheitstest miteinbeziehen, dass sich welche noch nicht kannten, oder? Ich seufzte. Wahrscheinlich war nicht der Test dämlich, sondern ich. Ich schlitterte immer in so selten blöde Situationen rein, dass es dafür nicht mal Tests gab.

Wirklich weitergebracht hatte mich das alles jedenfalls nicht. Ich wusste noch immer nicht, ob ich in diesen Mister Biss verliebt war oder nicht. Aber eines wusste ich dafür jetzt mit absoluter Sicherheit: dass ich seltsam war. Anders. In keine Schublade passte. Panne eben.

Genervt riss ich die Seite heraus und wollte sie

schon zusammenknüllen, da fiel mein Blick auf die Rückseite mit der Auflösung.

»Ein untrügliches Zeichen für Verliebtheit«, stand dort, »ist, wenn du abends vor dem Schlafengehen an IHN denkst. Wenn du dir vorstellst, dass ER dich aus einer Notlage rettet. Sollte das der Fall sein, dann hole ihn aus deinen Träumen in dein Leben!«

Schwachsinn! Ich zerknüllte das Blatt doch und beförderte es mit einem gezielten Wurf in den Papierkorb. Wer stellte sich denn bitte schön so einen Quatsch vor?

Ich knipste das Licht aus – und meine Fantasie knipste sich an. Und schon im nächsten Augenblick hing ich in New York über einem gähnenden Abgrund am Dach eines Wolkenkratzers. Über mir nichts als blauer Himmel, unter mir eine Straßenschlucht mit hupenden Wagen, klein wie Spielzeugautos. Neben mir eine schwarze Katze, die gemächlich über das Dachsims spazierte.

»Hilfe!«, rief ich. »Ich kann mich nicht mehr halten!«

Der Katze war das egal. Sie streckte sich ausgiebig und begann dann, ihre weißen Pfoten abzulecken.

»Hilfe«, röchelte ich ein letztes Mal und zappelte mit den Beinen. Gleich würde ich in die Tiefe stürzen.

Da kam mit flatterndem Umhang etwas Schwarzes im Sturzflug durch die Abenddämmerung auf mich zugesaust. Mein Vampir! Mein Retter!

In diesem Moment ging unter mir ein Fenster auf

und jemand packte mich an den Beinen und zog mich ins Gebäude, während draußen der Vampir vorbeirauschte.

Ungläubig starrte ich Manuel an, der mir in dem Wolkenkratzerzimmer gegenüberstand. Was erlaubte der sich eigentlich? Schnappte mich einfach so weg, bevor mein Vampir mich retten konnte!

»Du störst, Schokoauge«, sagte ich zu ihm und schob ihn mit dem Ellbogen aus meinem Tagtraum. Doch der Vampir war verschwunden.

8. Kapitel

… in dem ich ein Schwein schlachte, Nachhilfe in Mathe kriege und Nachhilfe im Knutschen gebe

Am Montag schlachtete ich ein Schwein.

Keine Sorge: Es war ein *Spar*schwein.

Und noch mal keine Sorge: Es war *mein* Sparschwein. Ole hat sein Geld jetzt in einem neuen, besseren Versteck, seit ich das alte mal geplündert habe.

Die gute Nachricht ist, dass ich reich war. Mein Geburtstag hatte frisches Geld in meine Kasse gespült, weil meine einen Großeltern nicht so recht wussten, was mir gefallen würde, und mir kurzerhand fünfzig Euro geschenkt hatten. Schade nur, dass ich das Geld nicht für neue Klamotten und Zeitschriften und Lipgloss verwenden konnte, sondern für so etwas Nutzloses wie Mathenachhilfe ausgeben musste. Denn auch wenn die Nachhilfestunden bei Jens ein Schnäppchen waren – geschenkt waren sie nicht.

Den ganzen Vormittag über war ich hibbelig deswegen, und als der Ein-Uhr-Gong ertönte, bekam ich kalte Füße, und Dana zerrte mich mehr zu Raum 01, als dass ich lief. Die Nachhilfe fand im zukünftigen Schülercafé statt, für das Jens anscheinend einen Schlüssel hatte.

Raum 01 lag direkt neben dem Ausgang. Vor der Tür blieb ich unschlüssig stehen und knabberte an meinen Fingernägeln. Sehnsüchtig schielte ich zu der Schwingtür, die auf die Straße hinausführte.

»Denk nicht mal dran«, sagte Dana, der mein Blick offenbar nicht entgangen war, und drohte mir mit dem Zeigefinger.

Sie hielt mir ihren Lippenbalm hin, und ich trug ihn artig auf, während sie mir durch die Haare wuschelte, um mir eine wilde Mähne zu machen. Dann umarmte sie mich und flüsterte mir »Toi, toi, toi« ins Ohr.

Ich hielt sie am Ärmel fest. »Kannst du nicht mitkommen?«, fragte ich.

»Nicht dein Ernst.«

»Nur mit mir zusammen reingehen.«

Sie schüttelte den Kopf. »Mensch, Milly, höchstwahrscheinlich hast du den Typ schon im Dunkeln geküsst. Kein Grund also, sich jetzt in die Hose zu machen. Außerdem bin ich schon selber zum Knutschen verabredet.«

»Jonas?«

»Bingo.«

Ich prustete los.

»Was ist daran so lustig?«

Ich machte eine wegwerfende Handbewegung. »Ach, nichts.«

Bingo, so hieß doch Frau Rauschmanns dämlicher Köter. Die Vorstellung, dass Dana mit ihm knutschte, war so lustig, dass ich mich ein bisschen entspannte. Doch dann ging Fi keinen Meter entfernt an uns vorbei und tat, als wäre ich Luft, und das versetzte meiner Laune wieder einen Dämpfer.

»Ab jetzt mit dir!« Dana gab mir einen Klaps auf den Po, schob mich in Richtung Raum 01 und schlang sich ihren grobgestrickten Loopschal um den Hals. Nach ein paar Metern drehte sie sich noch einmal um und nickte mir zu. Sie würde nicht eher gehen, bis ich das Zimmer betreten hatte.

Na gut. Auf in den Kampf! Ich atmete noch einmal tief durch und drückte die Klinke hinunter.

Drinnen herrschte Chaos. Der ganze Raum stand voller Leitern, Tapeziertische, Holzpaletten, Kisten und Farbeimer. Überall lagen Pinsel, Malerrollen und Werkzeug herum und der Boden war mit Plastikfolie ausgelegt. Die Fenster waren ebenfalls mit halbdurchsichtigen Folien verhängt, durch die die tief stehende Herbstsonne hereinschien und die Welt draußen in helle Schemen verwandelte. Ich kam mir vor wie auf einem anderen Planeten.

Es dauerte einen Moment, bis ich Jens in einer Ecke hinter dem Tresen entdeckte. Er hatte einen Tapeziertisch freigeräumt und sein Federmäppchen vor sich ausgebreitet. Seine blonden Haare und Wimpern wirkten im Sonnenschein fast weiß.

»Hi«, sagte ich.

»Hi«, sagte er. Die Hände in die Jeanstaschen gesteckt, kippelte er zurück und wäre vor Schreck fast umgekippt, als ich versehentlich gegen einen Eimer stieß, der mit lautem Scheppern umfiel. In letzter Sekunde gelang es ihm, sich an der Tischkante festzuhalten.

Ich lächelte. Wie es aussah, würden wir gut zusammenpassen.

Er wurde ein wenig rot und strich sich seinen nicht vorhandenen Pony aus dem Gesicht. Ich musterte ihn. Er sah nett aus. Ein bisschen brav in seinem Hemd, aber nett. Jungs sollten Shirts mit Band-Logos drauf tragen, fand ich. Und Kapuzenpullis und Jeans mit Löchern an den Knien. Aber wenn er *mein* Vampir war, dann war er zumindest tief drin alles andere als brav.

Blinzelnd stieg ich über Werkzeug und Farbtöpfe hinweg, und die Folien am Boden raschelten geheimnisvoll bei jedem meiner Schritte, als würden sie mir zuraunen: *Misss Kisss triffft Missster Bissss!*

Erst jetzt fiel mir auf, dass die Decke zur Hälfte himmelblau gestrichen und mit weißen Schäfchenwolken bemalt war. Fehlten nur noch das Gras und eine Picknickdecke. Fast schon romantisch war das.

»Setz dich«, sagte Jens und deutete auf den Stuhl neben ihm. Ich ließ mich darauf sinken und drückte meinen Rucksack an meine Brust. »Wo bist du denn?«

Ich stutzte. »Na, neben dir.«

»Sehr witzig.«

»Ach so, du meinst in Gedanken. Äh, bei der Mittelstufen-Halloweenparty neulich.« Ich beobachtete ihn gespannt, doch er ließ sich nichts anmerken.

»Nein, ich meine in Mathe. Mit dem Stoff.«

Ich sah in seine Augen. Sie waren graublau. Mein Vampir hatte dunkle Augen gehabt. Aber hieß es nicht: Nachts sind alle Katzen grau?

»Na, dann lass mal sehen.«

»Hä?«

Er tippte mit der Ecke seines Geodreiecks auf den Tapeziertisch. »Dein Heft und das Mathebuch.« Als ich immer noch nicht reagierte, meinte er: »Sag mal, willst du überhaupt Nachhilfe?«

»Ja klar. Unbedingt.« Jetzt ging das mit dem Lügen schon wieder los ... »Coole Dings ... äh.« Ich überlegte fieberhaft. Wie sagte Ole immer? *Location? Colation?* Ich war mir nicht sicher. »Äh ... schönes Plätzchen übrigens«, sagte ich leider nur halb so lässig wie beabsichtigt, während ich mein Heft aus dem Rucksack zog. »Wie bist du an den Schlüssel gekommen? Machst du bei der Renovierung mit?«

»Mein großer Bruder ist dafür zuständig. Manchmal sind große Brüder gar nicht so schlecht.«

»Aber nur *ganz* manchmal.«

Er grinste. »Stimmt.« Er hatte ein nettes Lächeln. Und den Rest konnte man ja ändern. Ich stellte mir schon vor, wie ich ihm die Haare durcheinanderwuschelte – vielleicht so wie die von Manuel. Und in sein Hemd könnte ich Löcher schneiden. Oder mit Kuli was draufschreiben. VOLL VERDÄCHTIGER VAMPIR oder so.

»Ah, verstehe: Brüche.« Er nickte und sah in mein Heft. »Okay, fangen wir mit was Einfachem an. Womit könnten wir denn rechnen, damit's dir mehr Spaß macht?« Er überlegte.

»Mit Kürbissen!«, rief ich und machte eine begeisterte Handbewegung, mit der ich sein Federmäppchen vom Tisch fegte. »Mit Halloweenkürbissen oder mit Vampirzähnen«, murmelte ich, während ich mit rotem Kopf auf Tauchstation ging und seine Stifte wieder einsammelte.

»Okay«, sagte er. »Auch recht. Also: Ein Vampir hat 32 Zähne. Davon sind 4 von Karies befallen. Wie viel Prozent sind das?« Stolz auf seine kreative Aufgabe, strahlte er mich an.

Ich lachte artig, weil Jungs es ja mögen, wenn man ihre Witze lustig findet. Zugleich fragte ich mich, was er mir damit sagen wollte. Dass er mich heute nicht küssen konnte, weil er kaputte Zähne hatte? Ich schüttelte den Kopf. *Unsinn, Milly. Du bist schon wie dein Paps.*

»Okaaaaaaay.« Ich dehnte die zweite Silbe extra lang, um Zeit zu gewinnen. »Vier Zweiunddreißigstel?«, riet ich.

»Und das ergibt?«

»Vier zweiunddreißigstel.«

Er seufzte. »Willst du da nicht kü…«, murmelte er. Der Rest ging unter, weil er sich mit beiden Händen übers Gesicht rieb, als wäre er plötzlich unheimlich erschöpft.

»Küssen?«, hauchte ich und merkte, wie ich feuchte Hände bekam. Er war es doch!

Er nahm seine Hände weg und starrte mich an. *»Kür-zen!«*

Ach so. »Ähm…« Mit brennenden Wangen sah ich schnell zur Decke hoch, wo in einer Ecke der Putz großflächig abblätterte. »Ein Siebtel oder so… oder warte: vielleicht doch ein Achtel?«

»Und jetzt in Prozent.«

Ich zuckte die Achseln und wagte einen kurzen Blick auf ihn.

Jetzt sah er definitiv nach Zahnschmerzen aus. »Okay, nächster Test: ein Achtel geteilt durch fünf Drittel.«

Test, Test, Riechtest, schoss es mir unvermittelt durch den Kopf. Ich beugte mich näher zu ihm und noch ein bisschen näher. Er rückte ein Stück von mir ab und begann, ausführlich in seinem Federmäppchen zu kramen. Schließlich griff er nach einem Kugelschreiber. Ich rutschte nach und atmete tief ein. Gut roch er, dieser Jens. Zitrusfrisch irgendwie. Und das war ja gar nicht so weit weg von Sommerduft.

Jens klackerte hektisch die Kulimine rein und raus. »Was musst du da machen?«

»Weiß nicht?«

»Brüche dividierst du, indem du sie stürzt.«

Ach ja, stimmt. Aber was interessieren mich Brüche. »Fängst du mich dann auf?«, fragte ich und freute mich über meine super Anspielung, denn auf der Halloweenparty hatte mich mein Vampir ja aufgefangen, ehe er mich geküsst hatte. Ich tippte mir mit dem Zeigefinger gegen den linken oberen Eckzahn und fragte mich, ob das wohl sexy oder einfach nur behämmert aussah.

Er schloss kurz die Augen.

Vermutlich doch behämmert. Ich biss mir auf die Unterlippe. War er wirklich so schwer von Begriff oder war er einfach nicht mein Vampir? Oder, fiel mir siedend heiß ein, wusste er genauso wenig wie ich, wen er da auf der Party geküsst hatte? Dass die tolle Zombine *ich* gewesen war – eine Sechstklässlerin!

Und da traf ich eine Entscheidung. Obwohl, eigentlich kann man es gar nicht so nennen. Mein Mund machte es einfach, ohne es vorher richtig mit mir abzusprechen: Ich beugte mich noch weiter vor, kniff die Augen zu, und mein Mund küsste ihn ganz von selbst.

Schon in dem Moment, als sich unsere Lippen berührten, wusste ich es: Er war es nicht. Da war kein Kirschsaft-Kaubonbon-Chaos in mir drin, kein Gummiknie-Gummihirn-Glücksgefühl. Keine Gänseblümchen in den Adern, kein Nebel im Hirn, kein Sonnenschein im Herzen.

Von dieser Erkenntnis war ich mindestens genauso überrumpelt wie er von meinem Kuss. Während ich zurückzuckte, blieb er, wo er war – die Lippen leicht gespitzt –, und machte ein merkwürdiges Halb-halb-Gesicht: halb verwirrt und halb angetan. »Du bist ja eine«, sagte er.

Ich verdrehte die Augen. So was Dusseliges hätte mein Vampir nie und nimmer gesagt. Warum hatte er diesen Spruch nicht früher vom Stapel gelassen? Dann hätte ich mir das mit dem Kuss sparen können. Aber so konnte ich mir wenigstens das Geld für die nächste Nachhilfestunde sparen.

Ich sah auf mein Handgelenk, an dem ich keine Uhr trug. »So spät schon?«, rief ich. »Ich muss los. Mein Bus!« Hektisch raffte ich meine Sachen zusammen und sprang so schwungvoll auf, dass mein Stuhl umkippte. Mit zitternden Fingern knallte ich ihm die sieben Euro auf den Tisch und nahm Reißaus.

»Danke, Milly«, rief Jens mir noch nach. »Ich freu mich schon aufs nächste Mal. Bis bald!«

Ganz sicher nicht, dachte ich. Aber da sollte ich mich irren.

Als ich im Bus saß, berührte ich mit dem Zeigefinger meine Lippen. Jetzt waren sie schon von zwei verschiedenen Jungs geküsst. Fand ich das gut oder schlecht? Hm, keine Ahnung. So ein Kuss mit einem Nicht-Vampir war zwar nicht mal halb so schön, aber auch kein Beinbruch, oder? Ein Gutes hatte die Sache immerhin: Jetzt blieben nur noch zwei VV.

Dasselbe sagte auch Luzi, als ich sie anrief. Im Gegensatz zu Dana, die ich nicht erreichen konnte, war Luzi schon beim ersten Klingeln am Telefon.

»Und?«, fragte sie atemlos.

»Fehlanzeige«, sagte ich. »Der war's nicht.«

»Sicher?«

»Ganz sicher.«

Sie schwieg einen Moment lang. »Und woher weißt du das so genau?«

»Stufe drei«, sagte ich nur.

»Oh«, sagte sie nur. »Aber dann hast du bei den beiden anderen eine Fünfzig-Prozent-Chance.«

»Hä?«, machte ich.

»Geh trotzdem weiter zu Jens«, meinte sie. »Du brauchst echt Mathenachhilfe.«

An diesem Abend lag ich im Bett und hing zugleich wieder in New York am Dach eines Wolkenkratzers, während die Katze mit ihrer Fellpflege beschäftigt war.

»Hilfe«, röchelte ich. »Zu Hiiiiilfeeee!« Dann verließ mich die Kraft und ich fiel.

Da war er wieder! Mit wehendem Umhang kam mein Vampir im Sturzflug auf mich zugerast. Und *zack* – im nächsten Moment hielt er mich in seinen starken Armen und dann küssten wir uns noch in der Lu–

Krääächz! Krä-häääächz!

Mitten in meine Flugkuss-Szene hinein platzte mein Handy mit seinen heiseren Geierschreien und kündigte eine SMS an.

Ah, endlich Dana, dachte ich, weil ich sie am Nachmittag nicht erreicht hatte.

»Oh no, Jens Scharchberger«, hauchte ich.

Hallo Mathegenie, schrieb er. *Ich denk an dich. Gute Nacht. xxx*

Zu Hilfe! Er dachte vor dem Einschlafen an mich. Schlechtes Zeichen. Sehr schlechtes Zeichen!

Gab es eigentlich auch einen Drei-Stufen-Plan, um einen Jungen wieder loszuwerden?

Dass Jens zwar Mathe checkte, aber sonst nicht viel, zeigte sich am nächsten Morgen ungefähr drei Minuten nach halb zehn.

Da kam ich nämlich kurz nach dem Pausengong

aus meinem Klassenzimmer und wer stand mit einem breiten Lächeln vor der Tür?

Jens Scharchberger.

Oh Schreck! Jetzt bloß nicht zurücklächeln. Ich atmete kurz durch, dann reckte ich die Nasenspitze hoch und ging an ihm vorbei, als wäre er Luft für mich. Das hatte ich von Fi gelernt. So, damit war das geklärt. Als ich mich auf die Lehne der VIP-Bank setzte, fühlte ich mich unsäglich cool. Nicht nur an dem schmalen Streifen am Po, der auf der Lehne eiskalt wurde, sondern auch dem Rest von mir. Den Typ hatte ich richtig abblitzen lassen. Ha!

Ich grinste. Schon meine zweite Trennung ohne vorige Beziehung. Im Schlussmachen war ich ein Naturtalent: kein Geschrei, kein großes Aufsehen, kein dummes Rumgelaber. Nur mit dem Anfangen, da haperte es noch …

Während ich zufrieden in meinen Apfel biss, pressten sich auf einmal zwei Hände von hinten auf meine Augen und es wurde nachtschwarz um mich. Im nächsten Moment wurde ich von einem Kuss getroffen, der irgendwo zwischen meiner Wange und meinem Ohr landete.

Schmatzzzz!

Ich verschluckte mich an meinem Apfel. Röchel-hust-würg. Vor meinem inneren Auge sah ich schon, wie ich schneewittchenmäßig mit dem Fruchtstück im Hals zusammensackte.

Aber nicht mit mir! Ich war kein Opfer. Wie vom Blitz getroffen fuhr ich herum. Und wer lächelte mich da noch breiter an als zuvor? Ihr ahnt es: der Schnarchberger.

Er wollte schon den Arm um mich legen, da sprang ich von der Bank und floh. Vorbei an den neugierigen Gesichtern von A-lex, B-lex und C-lex, Anja, Kim, Fi und Manuel, der mir mal wieder genau im Weg rumstand, sodass ich ihn fast umgerannt hätte. In letzter Sekunde schlug ich einen Haken wie ein Hase und rempelte ihn nur leicht an. Ohne eine Entschuldigung raste ich weiter quer über den Hof ins Gebäude und hielt erst auf dem Mädchenklo wieder an.

Dort knallte ich die Tür hinter mir zu, ließ mich von innen schwer atmend mit dem Rücken dagegensinken und schloss die Augen. »So ein Mist«, fluchte ich. »Diese … *Schnarchnase*!«

»Wer?«

Jetzt erst bemerkte ich Dana, die am Waschbecken stand und sich die Wimpern tuschte.

Ohne sich umzudrehen, sah sie mich im Spiegel an, die Augen weit aufgerissen und den Mund auch. Wollte sie sich nach den Wimpern auch noch die Zähne schwarz anmalen oder was?, fragte ich mich.

Und dann fragte ich mich noch was. Und das fragte ich dann auch sie: »Du, Dana, hast *du* vielleicht dem Typ meine Handynummer gegeben?«

Sie nickte und betrachtete eingehend ihr Werk. »Hm.«

»Wie kommst du dazu?«

»Er hat mich danach gefragt.« Sie wirkte kein bisschen schuldbewusst, sondern hielt mir grinsend ihren Lippenpflegestift hin, und ich nahm ihn und cremte mir automatisch die Lippen damit ein. »Den wirst du jetzt brauchen«, meinte sie. »Ich freu mich voll für dich, dass ihr jetzt zusammen seid.«

»Bitte?«, japste ich. Um ein Haar hätte ich den Lippenbalsam verschluckt.

Endlich sah Dana mich richtig an. Besorgt runzelte sie die Stirn. »Nicht?«

»Nie im Leben!«, rief ich. »Der ist nicht mein Vampir. Und mein Freund schon gleich dreimal nicht!«

»Oh.« Sie wirkte verwirrt. »Aber er hat mir gestern eine SMS geschrieben, dass ihr jetzt zusammen seid, und wollte deine Nummer wissen. Wie kommt er denn dann da drauf?«

Ich biss mir auf den Daumennagel.

»Milly?«

»Ja, schon gut. Ich … ich hab ihn geküsst.«

Diesmal sagte sie nichts.

»Du weißt schon: Stufe drei.«

»Knutschtest?«

Ich nickte. »Aber er ist durchgefallen. Er ist es nicht.«

Sie malte mir mit ihrem Eos einen Tupfer auf die Nasenspitze. »Aber *er* denkt jetzt, *du* bist es.«

Ich verdrehte die Augen. »Sehr witzig, Dana. Du hast mir das eingebrockt, jetzt hilf mir auch, ihn wieder loszuwerden.«

Dana schüttelte den Kopf und grinste. »Nee, Milly, das hast du dir schön selber eingebrockt«, widersprach sie und machte ein Schmatzgeräusch in meine Richtung. »Aber weil ich so lieb bin, helfe ich dir natürlich trotzdem.« Sie strahlte mich an. »Am besten verscheucht man falsche Vampire mit richtigen. Und ich hab da auch schon so eine Idee. Zeig mal deine Fingernägel.«

Blitzschnell ließ ich meine Hände hinter dem Rücken verschwinden. An meinem Geburtstag hatten sie noch perfekt ausgesehen, doch inzwischen waren sie übel abgeknabbert, weil ich wieder mit Fingernägelkauen angefangen hatte. Ich war selbst Miss Biss. Miss Fingernagel-Abbiss. Eine sehr kindische Beschäftigung, ich weiß. Aber auch ungemein beruhigend. Und immer noch besser als das Schnüffeln unter den Fingernägeln, das ich in der Grundschule mal eine Zeit lang praktiziert hatte.

Weil Dana im Journalisten-Aufdeck-Modus war, schnappte sie sich einfach meine eine Hand.

Ich schlug beschämt die Augen nieder. Von Mama bekam ich bei solchen Gelegenheiten immer Schimpfe.

»Super!«, rief Dana. »Das ist perfekt!«

Ich sah sie irritiert an. »Was soll daran bitte gut sein?«

»Nimm dir morgen nach der Schule ein, zwei Stunden Zeit. Ach ja: Und bring Geld mit. Viel Geld. Mehr wird nicht verraten. Ich sage nur: Überraschung!«

Mögt ihr eigentlich Überraschungen? Ich ja seit Neuestem nicht mehr so. Vor allem nicht die von Dana. Ich musste unbedingt wissen, was sie jetzt wieder ausheckte.

Zum Glück hatte Luzi, die Gute, es für mich herausgefunden. Sie hatte Dana zwar hoch und heilig schwören müssen, kein Sterbenswörtchen zu verraten, aber dann rief sie mich natürlich doch nachmittags an und erzählte es mir. Ja, auch Luzis schwindeln ab und zu.

Und jetzt passt auf: Dana hatte mich im Schönheitssalon der Mutter von VV 2 angemeldet. Zur Nagelmodellage!

Ich rubbelte noch einmal mit Watte und Nagellackentferner über meine Nägel und betrachtete sie. Ganz schön abgeknabbert. Und ich fühlte mich ehrlich gesagt auch ein bisschen angeknabbert. Dana hielt mich höchstens noch für halb so cool und Fi hielt mich für eine Lügnerin (was ja auch stimmte) und sprach noch immer kein Wort mit mir. Irgendwie kam ich mir nicht mehr vor wie der Star, der ich am Anfang der sechsten Klasse gewesen war, sondern wieder stinknormal. Nicht zuletzt deshalb, weil ich die coole Leggings-mit-Hotpants-drüber-Kombi wegen der Kälte im Schrank lassen musste und folglich aussah wie alle anderen. Mama hatte es nämlich verboten. Und wenn Mama was verbietet, dann ist es auch verboten. Da ist nichts zu machen. Außer heimlich.

Ein paarmal hatte ich artig mit langen Jeans das Haus verlassen und mich in der Dunkelheit hinter dem Bushäuschen verschanzt und umgezogen. Aber es machte nur noch halb so viel Spaß, wenn sonst keiner mehr mitmachte.

Das einzig Gute war, dass auch Janja offenbar ihre hochhackigen Schlinger-Dinger nicht mehr anziehen durfte, sondern in dicken klobigen Stiefeln in die Schule kam. Das gönnte ich ihr. Und natürlich war ich schon dabei, den nächsten Trend zu setzen: Häkelmützen. Ihr wisst schon – so eine, wie ich Bruno mal gemacht habe. Nur ohne Bommel.

Nachdem ich mich, so gut es ging, um meine Fingernägel gekümmert hatte, setzte ich mich aufs Sofa und häkelte. Monster lag halb neben mir und halb auf mir drauf und wärmte meine Füße. Mein Kopf war ganz von allein heiß, weil meine Gedanken rasten.

Dana machte mich fix und fertig. Die war zu schnell für mich. Erst gestern hatte ich den Falschen geküsst und morgen sollte ich schon auf den nächsten Vampir Jagd machen? Und dann auch noch auf Bastian, den *knackbraunen Basti*, wie ihn manche Jungs nennen. So was erfährt Dana alles von Jonas, ihrem Freund. Der ist nämlich auch schon so alt. Aber ich möchte wetten, die anderen sind nur neidisch auf ihn. Er sieht nämlich super aus: braun gebrannt und mit blütenweißem Lächeln. Ich selbst nenne ihn insgeheim den *knallblauen Basti*, wegen seiner strahlend blauen Sommerhimmelaugen.

Der Nachteil ist, dass er in der neunten Klasse ist – und damit vermutlich fünfzehn! Aber das Argument konnte ich Dana gegenüber schlecht bringen.

Mein einziger Trost war, dass Luzi versprochen hatte, mitzukommen. Sie hatte auch keine andere Wahl, weil ich »Sandkastenalarm« ins Telefon gewimmert hatte. Das haben wir uns früher im Kindergarten immer zugerufen, wenn die Flatter sich angepirscht hat, um uns eine Ladung Sand über den Kopf zu schütten. Und da wusste Luzi sofort, dass es ein absoluter Notfall war, und versprach mir, ihre Verabredung mit Leon zum Mathelernen abzusagen. Eine Verabredung zum Mathelernen hätte ich für sie auch, ohne mit der Wimper zu zucken, abgesagt. Die beiden schienen ja echt aufregende Dinge zusammen zu machen. Mathe!!! Aber weil Luzi meine Rettung war, hatte ich mir einen spitzen Kommentar verkniffen und ihr stattdessen einen dicken Schmatz durchs Telefon geschickt.

So sehr ich Danas Überraschungen hasste, so sehr liebte ich inzwischen mein neuestes Hobby. Fast jeden

Abend vor dem Einschlafen dachte ich mir Sachen aus. Das ist viel besser als träumen, weil man selbst bestimmen kann. Nur wenn Manuel mal wieder dazwischenfunkte, nervte es. Na ja, ich war eben noch Tagtraum-Anfänger.

An diesem Abend kam mir natürlich die Schneewittchen-Apfel-Story wieder in den Sinn, und ich stellte mir vor, wie ich in einem gläsernen Sarg lag und die halbe Klasse um mich rumstand und betreten guckte. A-lex, B-lex und C-lex hatten die roten Zwergenmützen abgenommen und heulten laut.

»Oh, wäre ich doch nicht so hart zu ihr gewesen!«, schluchzte Fi. »Sie war so ein guter Mensch.«

»Sogar Mathenachhilfe hat sie genommen«, schniefte Luzi.

Plötzlich kam mein Vampirprinz auf einem schwarzen Pferd angaloppiert. Jippie! Mein Retter!

Doch ehe er mich küssen konnte, stolperte Manuel nach vorne, stieß gegen meinen Sarg, der daraufhin umkippte, und ich fiel heraus, schlug mir grauenhaft die Stirn an und das Apfelstück war draußen und mein Vampirprinz arbeitslos.

9. Kapitel

… in dem kein Vampirverdächtiger in Sicht ist, aber dafür Vampirkrallen

»Du, Mama, heute komme ich ein bisschen später von der Schule heim«, sagte ich am nächsten Morgen, als ich mit dem Frühstück fertig war.

Mama blickte von ihrem Kaffee auf. »Schon wieder?«

»Ja, wegen dem Nag… äh der Nachhilfe«, stotterte ich.

»Nachhilfe?«

Hörte das mit dem Lügen denn nie auf? Aber ich hätte ja schlecht sagen können, dass ich ins Nagelstudio ging, sonst hätte Mama es mit sofortiger Wirkung verboten. Ich lächelte sie lieb an. »Ja, in Mathe. Dana hat mir einen Nachhilfelehrer organisiert.« Genau genommen war das gar keine Lüge.

Mama schien es super zu finden. Sie holte ihr Portemonnaie und hielt mir einen Zehn-Euro-Schein hin. »Reicht das?«

Für die Nägel sicher nicht. Aber mehr traute ich mich nicht zu fordern. »Danke«, krächzte ich, weil mir mein schlechtes Gewissen wie ein dickes Apfelstück im Hals saß. »Muss … Bus!«, murmelte ich und war weg. Überhaupt war ich in letzter Zeit nur noch auf der Flucht.

Der Vormittag zog sich wie ein Kaugummi. Die Brommer machte mich wahnsinnig mit ihren langen Bimmelketten und ihren noch viel längeren Bruchaufgaben, die man kürzen sollte. Ich frage euch: Wen interessiert schon Brüchekürzen? Jeans zu Hotpants kürzen, das ist eine sinnvolle Tätigkeit. Aber Brüche?

In Geschichte sprachen wir über die alten Ägypter, doch mir ging immer nur dieser Song mit dem kleinen Krokodil vom Nil durch den Kopf, und außerdem fragte ich mich, ob Kleopatra auch die Nägel schön hatte.

Als wir Musik hatten, starrte ich mal wieder auf Fis Rücken. Dana hatte mir erzählt, dass sie an einem Songtext für die Schulband arbeitete und später sogar selbst mal als Sängerin dort einsteigen wollte. Singen konnte sie also auch noch! Fi war so toll. Wie gerne hätte ich mich wieder mit ihr vertragen.

In den letzten zwei Stunden hatten wir Deutsch. Das Fischstäbchen nervte wieder mit seinem ollen Mini-Praktikum rum und wollte wissen, wer von uns inzwischen einen Platz hatte. Das fragte er alle zwei Tage.

Diesmal meldeten sich ziemlich viele. Fi half bei ihrer Mutter in der Anwaltskanzlei, Manuel im Tierheim, Tim in einer Sportgaststätte, Kim im Reisebüro, Leon und Luzi im Sportgeschäft und A-lex, B-lex und C-lex in einem Kindergarten.

Ups. Darum musste ich mich ja auch noch kümmern. Aber eins nach dem anderen. Jetzt waren erst mal meine Fingernägel und Mister Biss dran. Und diesmal nahm ich mir fest vor, es langsamer angehen zu lassen, damit nicht wieder dasselbe passierte wie mit Jens.

Apropos Jens: Der erwartete mich kurz nach dem Ein-Uhr-Gong vor der Klassenzimmertür – mit einem Lächeln im Gesicht und einer Plastikrose in der Hand.

Dana und Luzi nahmen mich schnell in ihre Mitte, sodass er nicht an mich rankam und ich keine Hand freihatte. Hilflos wedelte der arme Kerl uns mit der Rose vor den Gesichtern herum und streckte sie in meine Richtung. Dana nahm sie ihm ab, ehe er ihr damit die Augen ausstechen konnte. Dann waren wir schon an ihm vorbei und er sah uns verdattert nach.

»Danke«, rief sie ihm noch über die Schulter zu. »Aber Milly hat einen wichtigen Termin.« Auf dem Weg nach draußen stopfte sie das Ding achtlos in einen Papierkorb. »Plastikrosen, tsss«, murmelte sie.

Ich atmete auf, als wir die Schule hinter uns ließen. Zugleich verkrampfte ich mich auch mit jedem Meter mehr, den wir dem Schönheitsstudio näher kamen.

Wir bogen zweimal links, einmal rechts, dann wieder links ab, liefen ein Stück durch die Fußgängerzone und dann waren wir da.

»Tadaaa!«, rief Dana und deutete auf einen kleinen Laden, der zwischen einer Bäckerei und einem Handyshop eingeklemmt war. »Na, was sagst du jetzt? Das ist das Schönheitsstudio von Bastians Mutter. Und er hilft hier öfter aus.« Sie ließ die Augenbrauen auf- und abzucken.

Ich starrte auf die Schaufensterscheibe. *Beauty by Bea,* stand in verschnörkelten Buchstaben quer darüber, und darunter etwas kleiner: *Solarium, Nagelmodellage, Thalasso, Ayurveda.*

»Und was soll ich jetzt da?«, fragte ich kleinlaut und sah auf meine Nägel. Wie gerne hätte ich darauf rumgekaut, aber es war nicht mehr viel übrig.

Dana folgte meinem Blick. »Höchste Zeit, dass du wieder Fingernägel bekommst, Milly«, meinte sie. »Was hättest du denn gern?«

Fragend sah ich sie an.

»Ich persönlich bevorzuge ja den Klassiker: French Nails.«

»Klar«, sagte ich und dachte: *Hä?*

»Wen?«, meinte Luzi, und in diesem Moment beneidete ich sie unheimlich darum, dass sie einfach fragte, wenn sie was nicht kannte. Ohne sich einen Kopf zu machen.

»French Nails«, wiederholte Dana. »Das ist ein

ganz natürlicher Look, leicht abgerundete Form, weiße Spitzen. So, und jetzt los!« Sie zog die Tür auf und schob mich unter altmodischem Glöckchengebimmel hinein.

Ich blickte noch einmal zu Luzi zurück, die mich nur mit ihren großen Augen ansah, mir lieb zuwinkte und »Viel Glück!« rief.

Wie eine Ozeanwelle schlug das Selbstmitleid über mir zusammen und ich hörte richtiggehend das Heranrollen und Brechen der Wogen. Oder lag das nur an der Entspannungsbeschallung hier drin: Meeresrauschen mit Möwengeschrei? Dazu war der Laden mit unechtem Bambus und Stoff-Orchideen dekoriert – ein wildes Mischmasch, genau wie Bastians Mutter: In ihren langen dunkelbraunen Haaren leuchtete eine pinke Strähne, die Fingernägel waren türkis mit allerhand Glitzer drauf. Sie trug eine feine weiße Bluse und eine Leoprint-Leggins und ihre blauen Augen strahlten auffallend in dem braungebrannten Gesicht. Letztes erinnerte mich sehr an Bastian.

Hinter dem Empfangstresen hob Bea den Kopf und lächelte mich an. »Kann ich dir helfen?«

Mir ist nicht mehr zu helfen. »Ich …«, stammelte ich, »… ich habe einen Termin.«

Sie musterte mich. »Milly Kissinger?«

Ich nickte kläglich.

»Ah, deine Mama hat angerufen. Wegen deiner Nägel.«

Nein, meine Dana. Aber das kommt fast aufs selbe raus.

Hastig ließ ich die Hände in meinen Ärmeln verschwinden. Aber Bastians Mutter kannte keine Gnade. Im Handumdrehen hatte sie mir die Jacke abgenommen, mich in einen weichen Stuhl verfrachtet, und ich musste meine Hände wie ein dämliches Eichhörnchen vor ihr auf eine rosarote Frotteeunterlage legen.

»Oje«, entfuhr es ihr bei dem Anblick und genauso fühlte ich mich auch.

Mit den Worten »Das kriegen wir schon wieder« zog Bea sich einen Mundschutz über, und ich hätte beinahe *Ahhhh* gemacht, so sehr erinnerte es mich an meinen Paps. Vor allem als dann auch noch mein Blick auf so eine Art Bohrer fiel, auf den sie jetzt eine silberne Spitze steckte.

Hilfe! Was hatte sie mit mir vor? Warum kam Bastian denn nicht? Wenn er wirklich mein Vampir war, dann wäre es jetzt an der Zeit, endlich aufzutauchen und mich aus den Fängen seiner Bohrer-Fräser-Mutter zu retten.

Sie schaltete das Gerät an, und ein hohes, schrilles Sirren ertönte, das mir durch und durch ging. Ich zuckte zusammen und wollte die Hand zurückziehen, doch Bea hielt sie wie im Schraubstock fest.

Im ersten Moment kniff ich die Augen zu, aber

dann machte ich sie wieder auf, weil ich ja Bastian nicht verpassen wollte, wenn er gleich von der Schule kam. Entsetzt sah ich mit an, wie sie von den kläglichen Ruinen meiner Fingernägel auch noch den letzten Rest wegschliff, und spähte immer wieder zur Tür. Doch die war und blieb zu.

»Was willst du denn?«, fragte Bea mit so sanfter Stimme, als würde sie mit einem kranken Pferd sprechen.

Bastian sehen. »Wie?«

»Na, wie du die Nägel willst.«

Ach so. Wie hatte Dana gleich wieder gesagt. Frech? »Frech.«

Bea lachte. »Eine gute Entscheidung. Du kannst dir ja schon mal was aussuchen«, nuschelte sie unter ihrem Mundschutz. Ohne den Blick von meinen Fingerkuppen abzuwenden, wies sie mit einer raschen Kopfbewegung auf ein laminiertes Plakat an der Wand hinter sich, auf dem in zehn Reihen jeweils acht verschiedene Fingernagel-Designs abgebildet waren.

Ihr könnt euch nicht vorstellen, was man alles auf Fingernägel draufmalen und -kleben kann: Blumen, Sterne, Streifen, Punkte, Zebramuster, Leoprint, Glitter, Palmen, Erdbeeren, Kussmünder, Funkelsteine, Weihnachtsbäume, Nikoläuse, Rentiere, Schlitten, tanzende Pinguine, Totenköpfe, Fledermäuse, Vampirzähne …

Vampirzähne! Das war es!

Während ich die verschiedenen Motive betrachtete, fräste Bea weiter fröhlich meine Nägel runter. Danach pinselte sie den Staub weg, gab irgendein stinkiges Zeug auf meine Finger und klebte künstliche Nägel auf.

Jetzt hatte ich total lange Krallen. Unglücklich betrachtete ich meine Hände und überlegte schon, ob ich vielleicht statt der Häkelmützen lieber einen Handschuh-Trend setzen sollte. Und zwar Handschuhe, die man auch im Haus nicht auszog.

Dann jedoch rückte Bea meinen neuen Monsternägeln mit einer Art Zange zuleibe und *klack* war das meiste ab. Als sie die Spitzen zu hübschen Rundungen feilte, atmete ich auf und entspannte mich ein wenig.

Die Behandlung dauerte eine Ewigkeit. Aber das war auch wieder gut, weil von VV 2 noch immer jede Spur fehlte. Zweimal ging die Tür auf und jemand kam herein. Nur Bastian war es leider nicht. Immer wieder warf ich verstohlen einen Blick auf die von unechten Orchideen umkränzte Uhr. Wo blieb er denn nur? Sooo langsam wollte ich es nun auch wieder nicht angehen lassen.

Irgendwann schaltete Bea ein Gerät an, in das ich meine Hand hineinschieben sollte. Ich zögerte kurz und musste an die Bocca della Verità in Rom denken. In diesen Mund muss man auch die Hand legen. Habt ihr davon schon mal gehört? Es gibt da ein in Stein gemeißeltes Gesicht vor einer Kirche, das einer Legende nach jedem die Hand abbeißt, der schon mal gelogen hat. Also habe ich damals im Urlaub meine Hand schön bei mir behalten. Ole hat sie natürlich gepackt und wollte sie unbedingt reinschieben, aber ich habe so laut geschrien, dass Mama gesagt hat, er soll mich in Ruhe lassen. Seine eigene wollte er übrigens auch nicht hineinlegen.

Bea lächelte mich unter ihrem Mundschutz an. Das erkannte ich daran, dass sich um ihre Augen Lachfältchen bildeten. »Der beißt nicht«, sagte sie, als hätte sie meine Gedanken gelesen. »Das ist nur ein Lichthärter, damit die Nägel schneller trocknen.«

Aber irgendwann ist auch die längste Nagelbehandlung vorbei. »Kommt Bastian eigentlich noch?«, fragte ich beiläufig beim Bezahlen.

Bea schüttelte den Kopf. »M-m, heute nicht. Du kennst ihn?«

Nur vom Küssen wahrscheinlich. Ich zuckte mit den Schultern. »Nur vom Sehen. Er geht auf meine Schule.«

»Ah ja. Er hilft mir schon manchmal im Laden. Nägel macht er natürlich nicht«, meinte sie mit einem Schmunzeln. »Er ist fürs Solarium zuständig. Immer Montag und Freitag, falls es dich interessiert.« Sie zwinkerte mir zu.

Freitag, Freitag, Freitag, jubilierte es in mir. »Vielen Dank! Dann bis Freitag … oder so.«

Als ich draußen war, war ich dreißig Euro ärmer und zehn verrückte Fingernägel reicher. Sie waren schwarz mit silbernen Vampirzähnen drauf. Am kleinen Finger hatte Bea mir zusätzlich einen winzigen Funkelstein spendiert, sodass ich da ein bisschen aussah wie Fi an der Nase. Wie schön hätten wir jetzt gemeinsam glitzern können. Doch stattdessen glitzerte sie allein und Dana musste sich in der Pause zwischen ihr und mir entscheiden. Langsam fing es an, mir auf den Wecker zu gehen. Inzwischen hatte ich es aufgegeben, sie anzurufen und mit SMS zu bombardieren, weil sie all meine Versuche, mich mit ihr zu versöhnen, an sich abprallen ließ wie eine Wand. Wir gingen uns aus dem Weg, und wenn wir uns aus Versehen mal ansahen, guckten wir schnell wieder weg. Dabei vermisste ich sie doch.

Irgendwie hatte ich in letzter Zeit das Gefühl, ein einziges Fragezeichen zu sein: War ich jetzt auch ein bisschen sauer auf Fi oder wollte ich sie zurück? Und was war mit Bastian? Einerseits war ich erleichtert, dass er nicht aufgetaucht war, andererseits auch enttäuscht. Was wollte ich eigentlich?, fragte ich mich. Ihn kennenlernen oder nicht? Wollte ich ihn wirklich »aus meinen Tagträumen in mein echtes Leben holen«? Und wenn ja, was dann? Was fing ich an mit so einem Freund? Doch den Gedanken schob ich schnell von mir weg, weil er mich ganz flatterig machte. Ich beschloss, erst mal rauszufinden, ob er wirklich mein

Vampir war. Nicht gleich von Stufe null auf Stufe drei, Milly, sagte ich mir.

Ich seufzte. Ach, Bastian! Ach, Fi! Und ach, Fingernägel! Unschlüssig betrachtete ich meine Hände. Nicht mal bei so was Einfachem wusste ich, was ich davon halten sollte.

Bruno fand das mit meinen Nägeln jedenfalls gut. Ole dagegen gab nur ein Knurren von sich, als Bruno ihn auf meine Schönheit hinwies. Mama fand es gar nicht, weil sie mitten in ihrem neuen Roman steckte und insgesamt nicht viel mitbekam. Und Paps checkt so was grundsätzlich nicht.

Ganz anders die Mädchen aus meiner Klasse. Bei denen war ich am nächsten Tag damit endlich mal wieder der Star. Insofern war mein Besuch in Beas Beautysalon doch ein Erfolg gewesen – auch ohne Vampir-Sichtung.

»Milly, wie nice!«, quiekte Dana. Klar, dass sie das toll finden musste, sie hatte mir das Ganze schließlich eingebrockt. Und die anderen kreischten mit. Sogar Fi reckte den Kopf, um einen Blick zu erhaschen. Aber nur ganz kurz.

In der Pause scharten sich alle um mich, um meine Nägel noch mal in aller Ausführlichkeit zu betrachten, und ich musste ständig mit dem kleinen Finger wackeln, damit der Glitzerstein funkelte. Doch das

Allerbeste war, dass die Mädchen eine Art Schutzwall um mich bildeten, sodass Jens mir nur aus der Ferne schmachtende Blicke zuwerfen konnte. Sie hätten ihn vermutlich auch einfach weggedrängelt. Alle wollten wissen, wo ich das hatte machen lassen, wie das ging, wie viel es gekostet hatte, wie lange es gedauert hatte und welche anderen Motive es gab.

Nur Luzi war eher zurückhaltend. »Das ist jetzt nicht böse gemeint oder so«, sagte sie, als wir mit dem Bus heimwärts durch die Novemberwüste zockelten, »aber ich mag's lieber normal.«

»Wenn ich ganz ehrlich sein soll: ich auch«, gab ich zu und wollte schon auf meinem Daumennagel kauen, bis mir auffiel, dass das nicht mehr ging. Stattdessen schob ich mir eine Haarsträhne in den Mund.

»Und was ist jetzt mit Bastian?«, fragte Luzi. »Die Fingernägel hier sehen aus, als würden sie ein paar Wochen halten.«

»Ich habe schon einen Plan B.« Ich kicherte. »B wie bräunen, braten, brutzeln.«

Luzi sah mich fragend an.

»Na ja, Bea macht ja nicht nur Nägel, sie hat auch Sonnenbänke. Und da hilft Bastian montags und freitags immer mit. Findest du nicht auch, dass ich unheimlich blass bin?«

Luzi nickte. »Verstehe. Am Freitag geht die Sonne für dich auf. Na, dann drücke ich mal die Daumen.«

»Komm doch mit«, schlug ich vor.

Luzi schüttelte den Kopf. »Kein Geld«, seufzte sie. »Hab ich alles für Eis ausgegeben.«

Ich hätte ihr ja angeboten, ihr das Sonnenstudio zu zahlen, aber ich musste meine Kohle zusammenhalten. So eine Vampirsuche war eine äußerst kostspielige Angelegenheit.

10. Kapitel

... in dem ich wortwörtlich in der Klemme stecke

Kennt ihr das, dass sich die Zeit unheimlich zieht, wenn man was entgegenfiebert? Der Stundenzeiger ist wie festgetackert, der Minutenzeiger kriecht dahin wie eine Schnecke und der Sekundenzeiger rutscht auf der Schleimspur aus und kommt auch nicht so richtig voran.

Genauso fühlte es sich für mich an. Zu Hause schlug ich meine Zeit mit Häkeln tot und mit Lesen, Abhängen und Aufhängen (Wäsche für Mama nämlich). In der Schule ließ ich mich weiterhin von Fi ignorieren. Die Pausen verbrachte ich dank Plastikrosen-Jens fast ausschließlich auf dem Mädchenklo, und um Punkt eins spurtete ich aus dem Klassenzimmer, als wäre ich im Sportunterricht auf der Aschenbahn, damit er mich nicht abpassen konnte. In letzter Zeit war er aber etwas zurückhaltender geworden – also für seine Verhältnisse.

Dafür machte das Fischstäbchen umso mehr Druck und hakte richtiggehend penetrant bei Anja, Felix und mir nach, ob wir jetzt auch endlich einen Praktikumsplatz hätten – dabei waren es doch noch vier Tage hin. »Ich muss es heute definitiv wissen«, sagte er. »Also, was ist?«

Felix wurde so rot wie ein Feuermelder und murmelte, er würde bei seiner Mutter im Haushalt helfen. Anja wurde so rot wie Janjas Minirock und sagte, sie würde bei ihrem Vater im Haushalt helfen, und ich wollte schon so weinrot wie mein Lieblingspulli werden und zugeben, dass ich ebenfalls im Haushalt mithelfen würde, da ging in meinem Hirn die Sonne auf. Das war doch klar, wo ich mein Praktikum absolvieren würde. Sonnenklar. Sonnenbankklar. Oder?

»Ich arbeite einen Tag in einem Schönheitssalon mit«, verkündete ich.

Das Fischstäbchen sah mich skeptisch an und Luzi starrte mit offenem Mund.

»*Beauty bei Bea* heißt er«, schickte ich hinterher. »Wohllebenstraße 24.«

Damit war das Fischstäbchen ruhiggestellt und machte sich ein paar Notizen. Dann erklärte er uns zum gefühlt tausendsten Mal, was für eine großartige Sache es war, schon so früh ein wenig in die Berufswelt hineinzuschnuppern und bla, und dass wir die Chance nutzen sollten, bla, bla, und dass wir hinterher per Mail einen ausführlichen Bericht schreiben müssten, was wir gelernt hatten, bla, bla, bla.

Ich lächelte in mich hinein und stellte mir vor, wie ich ihm von meinem Knutschpraktikum berichtete. Wenn er so schlau wäre wie ich, würde er sich auch mal so eines an Land ziehen, denn wie ich wusste, war das Fischstäbchen sehr einsam in seiner Pfanne. Vielleicht sollte ich ihm anbieten, im Beautysalon vorbeizukommen und sich im Solarium zu braten, damit seine blaugrauen Augen auch ein bisschen Leuchtkraft bekamen.

Nach der Schule und den Hausaufgaben kroch die Zeit wieder extrem schneckenmäßig dahin und ich beschloss, Enten füttern zu gehen. Auf den beiden Weihern hatte sich eine hauchdünne Eisschicht gebildet, aber zum Schlittschuhlaufen reichte es noch lange nicht. Ich warf Stöckchen aufs Wasser hinaus und guckte, ob sie einbrachen oder nicht.

Von den Enten war nichts zu sehen. Ob sie auch nichts mehr mit mir zu tun haben wollten – mit einer Lügnerin und Angeberin, einer Milly Panne, die sich als Miss Kiss ausgegeben hatte? Betrübt aß ich mein Brötchen selber und ging unverrichteter Dinge wieder nach Hause, wo ich Brunos Schnecken einen Besuch abstattete.

»Na, Hecki«, fragte ich eine Schnecke, die an der Scheibe klebte. »Was würdest du an meiner Stelle tun? Soll ich noch mal einen Anlauf bei Fi nehmen oder nicht?« Hecki erkannte ich, weil ihr Haus so schön gelb-schwarz gestreift war.

Doch Hecki kroch gemächlich weiter über die Scheibe des Terrariums, als würde sie mich nicht hören, und zog eine Schleimspur hinter sich her. Die dumme Nuss ignorierte mich genauso wie Fi!

Ich tockte mit dem Finger gegen das Glas. »Hecki, ich hab dich was gefragt!«

Hecki ließ sich fallen. Einen Moment hielt sie inne, dann kam hinten ein Kackawürmchen aus ihr raus.

Ich klopfte noch mal kräftiger. »Heeecki!«

Daraufhin zogen Hecki und die anderen die Fühler ein und verschwanden in ihren Häuschen.

Jetzt verstand ich. »Ihr meint, ich sollte mich zurückziehen? Ja, stimmt eigentlich. Ich finde auch, dass ich genug geschleimt habe.« Ich nickte und starrte auf die mit glänzenden Spuren überzogenen Salatblätter.

Als ich gerade wieder gehen wollte, kam Bruno herein. »Was machst du da?«, wollte er wissen.

»Ich habe was mit deinen Schnecken besprochen.«

»Was?«

»Dass ich meine Freundin Fi vermisse.«

Er sah mich verwundert an. »Du hast doch Luzi. Und Dana.«

Ich streichelte ihm über den Kopf. »Ja, aber Fi fehlt mir. Zumindest ein bisschen. Noch.«

An diesem Abend ging ich früh zu Bett und dachte vor dem Einschlafen noch an Bastian. Diesmal rettete mich niemand aus schwerer Not, sondern ich stellte mir vor, wie er die Tür der Solariumskabine hinter uns schloss. Und dann … dann schnappte er mich einfach wie damals und wir küssten uns und dazu schien die Sonne neben uns aus der Sonnenbank und die Wellen rauschten und die Möwen kreischten und die Schleifgeräte sirrten. Hach, das war so romantisch!

Plötzlich spürte ich etwas Kaltes, Feuchtes am Hals. *Ihhhh!* Ich stieß ein Quieken aus, griff nach dem Glitschding und schaltete das Licht an. Danach schrie ich richtig.

Es war Fi. Oder vielmehr eine Schnecke, auf deren Haus *FI* geschrieben stand – mit Mamas schwarzem Edding und mit Oles Hilfe, wie sich später herausstellte. Bruno musste sie mir auf den Nachttisch oder auf mein Kopfkissen gesetzt haben.

Eine Weile hielt ich sie noch auf der Hand, stupste ihr ab und zu gegen die Fühler und betrachtete nachdenklich, wie sie sie einzog und wieder ausfuhr. Dann brachte ich Fi zurück ins Terrarium und gab meinem schlafenden kleinen Bruder einen Kuss auf den Scheitel. Es war wirklich eine liebe Idee. Aber mit Fi war ich durch. Als Schnecke *und* als Mensch.

Am Freitag nach der Schule war es dann endlich so weit. Das Wochenende konnte beginnen und mein Vampirabenteuer auch.

Aufgedreht winkte ich Luzi zu, die mit Leon zur Renovierung des Cafés unterwegs war, hakte mich bei Dana unter und sauste mit ihr zusammen aus dem Klassenzimmer. Als wir auf die Schwingtür am Ausgang zusteuerten, sprang Jens hinter einer Ecke hervor.

»Na, na, na«, sagte er und drohte mir albern mit dem Zeigefinger. »Nicht so eilig. Ich wollte nur noch mal an die Mathenachhilfe am Montag erinnern.« Es sollte wohl witzig sein. Wenigstens erstach er uns heute nicht mit Plastikblumen.

Dana wollte ihn einfach umrunden wie ein Basketballspieler einen Gegner auf dem Weg zum Korb, da ging die Tür zu Raum 01 von innen auf und wir wären beinahe dagegengeknallt.

Frau Dirks kam heraus, die junge Lehrerin, die das Café-Projekt betreute. »Hallo«, sagte sie freundlich zu Dana, Jens und mir, weil wir sie so offensichtlich anstarrten. »Wollt ihr zu uns? Wir können jede Hand gebrauchen, wenn die Eröffnung des Cafés wirklich am nächsten Wochenende stattfinden soll. Jetzt ist jedenfalls Endspurt. Wir arbeiten täglich ab 13 Uhr daran. Falls bei euch Stunden ausfallen, gerne auch früher.«

»Äh …«, sagte Jens. Das war doch eigentlich *mein* Text.

»Ein andermal vielleicht«, sagte Dana und wollte mich mit sich ziehen. Dann stutzte sie.

Ich folgte ihrem Blick. Drinnen stand John, VV Nummer 3, mit einer Farbrolle bewaffnet und strich eine Wand. In seinen zerrissenen Jeans und dem verwaschenen weißen T-Shirt mit himmelblauen Klecksen drauf sah er unverschämt cool aus. Nicht mal der aus Zeitungspapier gefaltete Malerhut konnte seiner Schönheit einen Abbruch tun.

Ich sah, wie sich in Danas Kopf die Rädchen drehten, und wand mich innerlich. Diesen Gesichtsausdruck kannte ich. Und er verhieß nichts Gutes.

Mit einem feinen Lächeln riss sie den Blick von John los. »Schade, dass ihr jetzt keinen Raum mehr für die Nachhilfe habt«, sagte sie zu Jens und ich zuckte bedauernd mit den Schultern dazu. »Damit ist das Thema wohl vom Tisch. Tja, kann man nichts machen.« Sie lächelte ihm lieb zu und weg waren wir.

Draußen auf der Straße fiel ich ihr jubelnd um den Hals. Endlich meinte es das Schicksal mal gut mit mir! Jetzt ging es bergauf.

Aber da hatte ich falsch gedacht.

Das Schicksal gönnte mir höchstens eine Verschnaufpause.

Und die war äußerst kurz.

Fast den gesamten Weg zu Bea legte ich im Hopserschritt zurück. Begleitung brauchte ich keine mehr. Ich kannte den Weg, ich kannte Bea, und dadurch war mir Bastian auch nicht mehr so fremd. Durch das Praktikum würde ich ihn außerdem bald richtig kennenlernen. Ich durfte nur nicht vergessen, Bea später deswegen zu fragen.

Vorsichtshalber machte ich noch ein paar Umwege – schließlich sollte Bastian vor mir da sein. Also trödelte ich und guckte in Schaufenster. In der Scheibe einer Metzgerei bespiegelte ich mich, verwuschelte mir die Haare und hauchte mir ein Küsschen zu. Als ich merkte, dass der ältere, kahlköpfige Herr hinter der Wursttheke ganz komisch guckte, suchte ich schnell das Weite und beschloss, dass ich Bastian genug Vorsprung gegeben hatte.

Zwei Minuten später riss ich die Tür zu Beas Salon auf und stürmte mit lautem Klingeln hinein.

Bea räumte gerade ihren Lackiertisch auf. »Hallo«, sagte sie und lächelte mich freundlich an. »Ist dir ein Nagel abgebrochen?« Sie warf einen Blick auf die Orchideen-Uhr. »Allerdings kommt gleich meine nächste Kundin.«

Ich schüttelte den Kopf. »Nein, nein. Alles gut. Ich wollte nur …« Enttäuscht sah ich mich um. Wieder weit und breit kein Bastian in Sicht. »… ein bisschen unter die Sonnenbank.«

»Verstehe.« Mit einem kleinen Schmunzeln nickte

sie und drehte den Kopf in Richtung eines Torbogens, vor dem ein violetter Samtvorhang hing. »Basti!«, rief sie. »Kundschaft!«

Im nächsten Moment teilte sich der Vorhang und Bastian erschien. In seinem weißen Shirt sah er sehr braun aus. Er kam hinter den Tresen, und ich stellte mich direkt davor und ging auf die Zehenspitzen, damit nicht nur mein Milly-Kopf drüberguckte.

Nun trennte uns nur noch ein bisschen Bambusholz – keinen halben Meter breit. Ich starrte ihn an. Aus der Nähe waren seine himmelblauen Augen noch umwerfender.

»Hallo«, sagte er und lächelte. »Wie kann ich dir helfen?«

»Hi«, hauchte ich und stützte mich mit den Ellbogen auf, weil mir die Füße vom Zehenspitzenstehen wehtaten. »Ich möchte ins Solarium.«

»Kennst du dich aus?«

Ich wollte schon wie immer, wenn ich keinen Schimmer hatte, ein *Klaro* rausposaunen, doch dann überlegte ich es mir anders. Manchmal war es auch gut, sich mit was nicht auszukennen. Also schüttelte ich den Kopf. »Nee, kannst du mir alles zeigen?« Ich ließ meine Wimpern klimpern und sah ihn so von unten rauf an. Das hatte ich mir von Dana abgeschaut.

Er nickte. »Sicher. Also, man kann unterschiedlich lange ins Solarium gehen und es unterschiedlich stark einstellen.«

Ich hing an seinen Lippen. Waren es die, die mich so schön geküsst hatten?

»Es gibt drei Bräunungsstufen.«

Was sonst? Es gibt ja immer drei Stufen im Leben, das weiß doch jedes Kind.

»Dir würde ich erst mal nur zehn Minuten auf kleinster Stufe empfehlen, weil du ein ziemlich heller Typ bist.«

Ich ließ die Augenbrauen auf- und abzucken. »Na ja, an Halloween war ich ja auch Zombie. Da darf man nicht knackbraun sein.« Gespannt wartete ich auf seine Reaktion.

Er lächelte.

Seine Lippen brachten mich ganz durcheinander. Sie bewegten sich und ich sah sie an. Weich wirkten sie, und gut gepflegt. Fasziniert beobachtete ich, wie sein Mund auf- und zuging.

Jetzt sah er mich auffordernd an. Und noch ein bisschen auffordernder.

»Äh, wie bitte?«, stammelte ich.

»Macht 6,99 Euro«, wiederholte er.

Ich holte Mamas Zehner heraus und er gab mir das Rückgeld und schob mit Schwung die Kasse zu.

»Na, dann komm mal mit«, sagte er und marschierte los. Ich folgte ihm artig in eine zitronengelbe Kabine gleich auf der rechten Seite. »So, da wären wir.«

»Ah, die Kammer des Schreckens«, sagte ich und grinste ihn an.

Er lächelte nur unergründlich. »Hier legst du dich drauf«, erklärte er und klopfte auf die untere Hälfte der Sonnenbank. Dann räusperte er sich. »Also … ähm … erst mal musst du dich natürlich ausziehen. Aber die … ähm … Unterhose bleibt an.«

Den Job würde ich nicht machen wollen. Das musste ich unauffällig abbiegen, wenn ich nachher mein Praktikum klarmachte.

»Und dann klappst du den Deckel zu.«

Ich kicherte. »Das ist ja wie ein moderner Vampirsarg«, sagte ich und betonte das Wort *Vampir*.

Er lächelte. »Nur, dass ein Vampir da drin zu Staub zerfallen würde.«

Ich verengte die Augen. War das jetzt eine Anspielung oder nicht? So kam ich hier nicht weiter. Ich wurde forscher und machte zwei Schritte auf ihn zu – und das ist in so einer kleinen Kabine eine ganze Menge.

Er trat zur Seite und deutete auf einen Knopf in der oberen Klappe der Liege. »Gut, und da drückst du drauf, wenn du die Sonnenbank zugezogen hast. Dann gehen die UV-Lampen an. Wie gesagt: Ich würde dir Stufe 1 empfehlen, sanfte Bräunung. Ach, und wichtig ist noch, dass du diese Augenmaske aufsetzt, sobald die Leuchten an sind. Die musst du die ganze Zeit aufbehalten, okay?« Er nahm ein merkwürdiges Ding von einer schmalen Ablage unter einem Spiegel und drückte es mir in die Hand.

Ich stellte mich dicht neben ihn und guckte zu ihm

rauf. »Super, ich verkleide mich gern«, meinte ich und zwinkerte ihm zu.

Wieder dieses unergründliche Lächeln. »Na dann viel Spaß«, sagte er, dann war er verschwunden und zog die Tür hinter sich zu. »Absperren nicht vergessen«, rief er von draußen.

Äh! Mit offenem Mund sah ich auf die geschlossene Tür. Das machte mich echt sauer. Am liebsten hätte ich ihm hinterhergeschrien: »Was soll der Scheiß?« Noch lieber hätte ich randaliert und gegen die Sonnenbank getreten.

»Absperren nicht vergessen«, äffte ich ihn leise nach und drehte den Schlüsselknauf um.

Mit Wut im Bauch und mit Schwung feuerte ich meine Jacke auf einen wackeligen Kleiderständer und ließ Pulli und Shirt folgen, sodass das Ding am Schluss leicht schief stand. Einen Moment lang zögerte ich und überlegte, ob ich mein Unterhemd ausziehen sollte, entschied mich dann jedoch dagegen. Die Schuhe traute ich mich nicht durch die Gegend zu schleudern, dafür pfefferte ich die Socken volle Pulle an die Sperrholzwand. Meine Jeans warf ich auf eine künstliche Palme neben dem Solarium, von der eine Staubwolke aufstob. Jawohl, auf die Palme! Denn dieses blöde, unverbindliche Gelächel von Bastian brachte mich auch auf die Palme. Dabei war ich mir ziemlich sicher, dass *er* es war. Denn VV Nummer 3 *durfte* es einfach nicht sein. Der war nun wirklich zu alt.

Draußen ging noch mal die Türglocke, während ich mich auf die Liege schwang, mit Karacho den Deckel zuknallte und den Knopf über mir auf Stufe 3 drehte. Wenn ich hier schon ein Vermögen ausgab und nicht mal geküsst wurde, dann wollte ich wenigstens ein bisschen was davon haben!

Um mich herum flackerten grell die Leuchtstäbe auf, und ein rauschender Luftzug setzte ein, wie wenn man die Dunstabzugshaube am Herd einschaltet. Ich fühlte mich wie ein Stück Fleisch in der Pfanne und presste mir den beknackten Augenschutz ins Gesicht.

Gerade wollte ich mich ein wenig entspannen und Pläne schmieden, wie ich weiter vorgehen sollte, da tat es einen Schlag.

Im ersten Augenblick wollte ich schon hochfahren, aber dann unterdrückte ich den Reflex, sonst hätte es gleich noch einen Schlag getan und ich eine Beule an der Stirn gehabt. Was war das? Wurde hier auch ein Gewitter simuliert oder wie? Ich lauschte, doch alles blieb still. Genau genommen hatte es sich auch nicht wie ein Donnergrollen angehört, sondern eher wie ein Poltern. Als wäre etwas auf meinen Lichtsarg draufgefallen.

Blind tastete ich nach dem Griff und versuchte, die Klappe hochzuschieben.

Ging nicht.

Ich schob kräftiger.

Ging immer noch nicht.

Ich nahm den Schwimmbrillen-Verschnitt ab, spähte mit zusammengekniffenen Augen durch den schmalen Schlitz zwischen Liegebank und Deckel und erkannte ein Stück von meiner hellblauen Winterjacke und den weinroten Ärmel meines Lieblingspullis, den mir meine Oma gestrickt hat. Zwischen die beiden Hälften des Solariums ragte die dunkelgrüne Spitze eines Palmenblattes.

Und da ahnte ich, was geschehen war: Der hoch beladene Kleiderständer war umgekippt, hatte die Palme mitgerissen und jetzt lagen die zwei schweren Dinger auf meinem Riesentoaster drauf und der Deckel ging nicht mehr auf.

Schnauf.

Haare-rauf.

Ich kniff die Augen fest zu und atmete zittrig ein und aus. Auf einmal kam ich mir eingesperrt vor. War ich ja auch. Meine Hände wurden feucht. Mann, war ich panne. Wie sollte ich da jetzt wieder rauskommen? Obwohl, schoss es mir durch den Kopf: War das nicht genau so was, wie ich es mir vor dem Einschlafen immer ausmalte: eine Notsituation, aus der mein Held mich befreien musste? Und dann würde ich ihn zum Dank küssen. Und er mich auch und …

Hoffnung flackerte in mir auf. Eigentlich war das hier noch viel besser als in meinen Tagträumen. Erst würde er mich retten und dann würde er sich rettungslos in mich verknallen und wir würden uns tief in die Augen sehen und gar nicht mehr aufhören. Und die gute Bea würde taktvoll die Tür hinter uns schließen und ihrer anderen Kundin zuzwinkern und sagen: »Hach, diese jungen Leute heutezutage«, wie Frau Rauschmann immer.

Okay, dann würde ich Bastian jetzt mal wissen lassen, was er zu tun hatte. Ich holte tief Luft: »Hilfe!«, schrie ich. »Hiiiiiilfeeee, Bastian! Ich bin eingesperrt!«

Über das Rauschen der Lüftung hinweg hörte ich, wie Stimmen laut und Stühle gerückt wurden. »Basti«, schrie Bea. »Baaasti!«

Jemand rüttelte an meiner Tür. »Was ist denn los mit dir da drin?«, rief Bea.

»Ich kriege die Klappe nicht mehr auf«, schrie ich zurück. »Da ist was draufgefallen, glaube ich.«

Wieder wurde an der Tür gerüttelt. »Bleib ruhig!«, rief Bea. »Wir holen dich gleich raus.« Und da wurde mir ganz warm ums Herz. Genau wie in meinen Tagträumen. »Basti«, befahl sie. »Schau mal, ob du unter der Kabinentür durchkommst.«

Ich hörte ein Rumoren und Ächzen. Es dauerte eine Weile. Ich war so aufgeregt, dass ich kaum stillliegen konnte.

»Tut mir leid«, sagte Bastians Stimme dann. »Ist ganz knapp, aber ich passe nicht durch.«

»Oh nein, könntest *du* es mal versuchen?«, sagte Bea zu irgendjemand anderem.

»Ich? Ja, okay, ich düse schon.«

Äh … Moment mal! *Düsen?* Wer düste hier? Dieses Wort benutzte nur eine einzige Person, die ich kannte. Und das war so ziemlich der letzte Mensch auf der Welt, den ich jetzt sehen wollte.

Nein, das konnte nicht sein.

Das durfte nicht sein.

Das bildete ich mir bestimmt nur ein.

Ich versuchte, ruhig durchzuatmen. Ein. Aus. Ein. Und wieder aus. *Alles wird gut, Milly.* Ein. Aus. Ich konnte nur dumm daliegen, warten und die Hände zu Fäusten ballen. Mehr ging nicht.

Und dann ging doch was. Nämlich die Klappe auf. Halbmaniküre Fingernägel schoben sich unter den Deckel, während ich von unten dagegendrückte. Und statt in Bastians blaue Sommerhimmelaugen sah ich in Janjas grüne Krokodilsglotzer.

Einen Moment lang starrten wir uns einfach nur an. Auf ihrem Gesicht erschien das hinterhältige Lächeln, das ich so hasste.

»Du?«, rief sie.

»Du?«, schrie ich.

Danach kann ich mich kaum mehr an was erinnern. Nur, dass ich mich irgendwie in meine Klamotten wurstelte, meine Sachen zusammenraffte und floh. Mal wieder.

Und Bastian? Er lächelte schon wieder, wirkte jedoch total verkrampft im Gesicht, weil er sich offenbar sehr beherrschen musste, um nicht laut loszuprusten.

11. Kapitel

… in dem ich mich mit einer Rolltreppe anlege und ein Praktikum suche und finde

Ich rettete mich ins nächste Geschäft. Es war ein H&M. Dort verbarrikadierte ich mich in einer Kabine und zog mich erst mal richtig an.

Als ich in den Spiegel blickte, erschrak ich: Ich war fast so rot wie mein Pulli. Schwer zu sagen, ob es am Solarium lag oder daran, dass ich mich so irre schämte. Weil ich mich nicht mehr sehen wollte, streckte ich meinem Tomatengesicht im Spiegel die Zunge raus, verließ die Kabine und floh vor mir selbst.

Eine Weile fuhr ich einfach nur die Rolltreppe rauf und runter. Immerzu im Kreis. Das beruhigte mich ein bisschen, weil auch meine Gedanken im Kreis fuhren.

Jens tauchte vor meinem inneren Auge auf, wie er mich mit Plastikblumen und Nachhilfe verfolgte. Ich wollte ihn nie wieder sehen.

Dafür hatte ich nun Bastian vor Augen. Wie er mich entgeistert angestarrt hatte, als hätte ich meine Unterhose auf dem Kopf und die Hände in den Stiefeln. Hatte ich zuvor gehofft, *er* wäre mein Vampir, so hoffte ich nun genau das Gegenteil. Denn dem würde ich nie mehr in die Augen blicken können. Erstens wusste er, dass ich zu doof zum Sonnen war, zweitens wusste er, dass ich Unterhemden mit breiten Trägern trug wie mein kleiner Bruder, und drittens hatte er mich in Unterhose gesehen, wenn auch nur einen Sekundenbruchteil. Oh, ich wäre am liebsten im Boden versunken. Konnte sich am Ende der Rolltreppe nicht einfach diese silberne Bodenplatte auftun und ich in das dunkle Loch reinfahren?

Aber die Platte blieb, wo sie war, und stattdessen sah ich wieder Janjas hämisches Grinsen vor mir. Ich schob es schnell beiseite. Weg damit. Weg, weg, weg.

Einfach an was anderes denken. Die Leute angucken, die mir auf der anderen Seite der Rolltreppe entgegenkamen. Die Frau mit den grünen Stiefeln, die ihren Hund auf dem Arm trug. Der Junge mit den Schokoladenaugen … Hä? Was tat Manuel hier? Wieso er schon wieder? Ich zwinkerte, aber er ließ sich nicht einfach beiseiteschieben, denn er war wirklich da.

Nicht mal hier hatte man seine Ruhe. Zeit, zu gehen, beschloss ich. Ich tat, als hätte ich ihn nicht bemerkt, drückte mich an den Rand der Rolltreppe und machte mich ganz klein, als würde das was bringen.

Aber etwas brachte es dann doch: nämlich noch mehr Ärger. Als ich endlich unten angekommen war und, den Blick fest auf den Ausgang gerichtet, über den silbernen Treppenabsatz loslief, riss es mich zurück. Welcher Idiot zerrte da an meinem Pulli?

Ich fuhr herum und keuchte auf. Der Idiot war die Rolltreppe. Mein Pulli hatte sich in den Handlauf eingeklemmt. Es ruckte kurz, dann ratschte es gewaltig, und der Saum riss, während die Rolltreppe fröhlich weiterfuhr und meinen Pullover aufribbelte. Länger und länger zog sich der rote Wollfaden und verschwand am Fuße der Treppe im Boden – ihr wisst schon: da, wo ich auch gerne versunken wäre.

Wie erstarrt sah ich zu und kam nicht weg. Panik stieg in mir hoch und eine abartige Sauwut. Was hatte nur alle Welt gegen mich?

»Warte, Milly, ich helfe dir!«, rief jemand von oben.

Ich sah hoch. Manuel kam die Treppe heruntergerannt. Na klar, wer sonst? Er war ja stets zur Stelle, wenn bei mir was schieflief. Also war er sehr oft zur Stelle. Ich wünschte ihn auf den Mond. Hätte er sich nicht ein Praktikum auf der Internationalen Raumstation besorgen können? Am besten zusammen mit Fi, Janja, Bastian und Plastikrosen-Jens? Ein paar Jahre im All, bis ich aus dem Gröbsten raus war, wie meine Oma immer sagt?

Inzwischen konnte man locker das komplette Wölfchen mit meinen Pannen füllen. Überschrift: PLEI-

TEN, PECH UND MILLY PANNE! Echt, wie konnte ein einziger Mensch so viel Pech haben? Erst passierten mir all diese grauenhaften Dinge, und dann war auch noch immer jemand dabei, den ich kannte, damit auch wirklich alle Welt davon erfuhr. Diese Stadt war schlimmer als unser Kuhkaff. Da bekamen auch immer alle alles mit. Wenn ich größer war, musste ich dringend wegziehen. Nach Berlin vielleicht. Oder gleich auswandern. Ich nahm mir vor, meine Eltern zu fragen, welches Land richtig weit weg von Deutschland war.

Verzweifelt riss ich an meinem Pullover, doch der ribbelte daraufhin nur noch schneller auf und mein peinliches Unterhemd kam zum Vorschein.

Manuel kniete sich hin, sodass er mit dem Kopf direkt auf Höhe meines Nabels war. »Schickes Hemd«, sagte er und grinste mein Blümchenunterhemd an, doch als er meine versteinerte Miene sah, beugte er sich schnell hinunter und versuchte, den Pulli aus dem Handlauf zu bekommen. Vergeblich. Schließlich sah er zu mir auf, zuckte die Schultern und riss den Faden durch.

Ritsch.

Ich war frei.

Wortlos stürmte ich davon.

Im Bus setzte ich mich in die hinterste Reihe und heulte ein bisschen. Als ich damit fertig war, wischte ich mir die Tränen und den Rotz mit dem Ärmel weg – der Pulli war sowieso hinüber – und holte mein Handy raus.

Umständlich tippte ich mit meinen Krallen Luzi und Dana eine SMS, in der ich ihnen stark verkürzt und leicht geschönt berichtete, was geschehen war.

»Oje, du Ärmste«, simste Luzi zurück. Leider war sie bei Leon, aber sie schickte mir vier Küsse und eine Umarmung.

Dana dagegen schickte mir fünf Smileys. »Kann gerade nicht«, schrieb sie. »Melde mich später!«

»Pfrrrrrr«, schnaubte das hellbraune Pferd auf der Koppel vom Hansenhof, als ich es auf dem Heimweg mit meinem restlichen Pausenbrotapfel fütterte und dabei von meiner Blamage erzählte.

Aber auf den Punkt brachte es eine der schwarzweißen Kühe, die ganz in der Nähe stand, denn sie ließ einen riesigen Kuhfladen zu Boden pflatschen.

Ich nickte. »Kann man so sagen.«

Und dann ging ich los und kaufte mir im Zeitschriftenladen drei Tüten Gummibärchen, vier Tafeln Schokolade und noch anderen Süßkram, damit das verflixte Geld endlich weg war, das mir nur Pech gebracht hatte. Die erste Tafel futterte ich sofort. Viel besser als Fingernägel. Leider erinnerte mich die Schokolade wieder an Manuels Augen und damit an die Rolltreppe.

Zu Hause sperrte ich mich im Bad ein und aß Tafel Nummer zwei. Ein bisschen rot war ich immer noch. In der Hoffnung, dass Creme, die man im Dunkeln draufmacht, besonders gut gegen zu viel Sonnenlicht hilft, borgte ich mir Mamas Nachtcreme und schmierte mich dick damit ein, bis ich einen weißlichen Überzug im Gesicht hatte. Zum Glück musste ich morgen nicht in die Schule.

Nach der dritten Schokolade war mir ein bisschen schlecht. Außerdem brauchte ich jemanden zum Reden. Kein Pferd, keine Kuh, einen Menschen. Dringend.

Paps war in seiner Praxis und Mama war mit Bruno bei Oma und Opa. Mir blieb echt nichts erspart. Na gut, dann eben Ole. Ein Mensch war er ja schließlich … irgendwie.

Er hockte auf dem Sofa wie fast immer in letzter Zeit.

»Du, Ole, hast du kurz für mich Zeit?«, fragte ich.

Er kratzte sich am Ohr. »Wenn du mir ’ne Cola holst.«

Ich tapste in die Küche, schenkte ihm ein Glas ein und stellte es vor ihn auf den Sofatisch.

»Und Chips.«

Wieder trottete ich los und füllte eine Schale mit Chips.

»Und eine Nackenmassa …«

»Ole!« Ich stampfte mit dem Fuß auf.

»Okay, schon gut.« Er grinste. »Danke. Na, wo drückt denn der Schuh, Kleine?«

Sonst motze ich ihn immer an, dass ich keine *Kleine* bin. Heute ließ ich mich nur neben ihm aufs Sofa fallen und sagte: »Überall. Und es sind beide Füße.«

Er sah mich an, und dann sprudelte alles aus mir heraus, als hätte einer den Wasserhahn aufgedreht. Ich erzählte ihm von der Kacktze, davon, dass Fi immer noch sauer auf mich war, sogar von meiner Suche nach Mister Biss und dass Dana keine Ruhe gab, von meiner Panne im Sonnenstudio (an dieser Stelle lachte er kurz, wurde aber sofort wieder ernst, als ich ihn böse ansah), von meinem Verfolger Plastikrosen-Jens und Manuel, von dem ich mich ebenfalls verfolgt fühlte, und von meiner Rolltreppenkatastrophe.

»Dass man die nicht einfach anhalten kann, diese bescheuerten Dinger«, sagte ich zum Abschluss.

Eine Weile hörte man nur die Chips krachen, wenn Ole sie zermalmte. Eigentlich hatte ich erwartet, dass er sich über mich lustig machen würde, stattdessen murmelte er nachdenklich: »Ja, ja«, und schob sich Chipsnachschub in den Mund. »Rolltreppen sind wie das Leben. Machen einfach immer weiter und weiter – egal ob man eingeklemmt ist; egal, ob man kurz eine Pause bräuchte.«

Ich seufzte. Er hatte so recht. Erschwerend kam hinzu, dass die Rolltreppe *meines* Lebens immerzu nur nach unten fuhr. Ja, mit mir ging es bergab. Früher habe ich immer gedacht, wenn ich mal groß bin – also so zwölf oder dreizehn –, dann passiert mir nicht mehr ständig peinliches Zeug. Dann schmunzle ich über die tollpatschigen Kleinen und werfe nur elegant die Haare zurück und so. Doch stattdessen wurde es immer schlimmer.

Ole war jedoch mit seiner Rolltreppenphilosophie noch nicht fertig. Und seine gefiel mir bedeutend besser, denn sie endete mit den Worten: »Aber wie das bei allen Rolltreppen so ist: Sie fahren runter und sie fahren auch wieder rauf. Also Kopf hoch.« Und damit nahm er mich in den Schwitzkasten und rubbelte mir wild über den Schädel, bis ich kreischte.

Und noch was sagte er, als ich kurz mit Schreien aufhörte, um Luft zu holen, nämlich: »Du solltest darüber nachdenken, ob Dana die richtige Beraterin für dich ist. Also für schlappe fünf Euro stehe ich zur Verfügung.«

»Abzocker«, japste ich und da rubbelte er mich weiter.

Hinterher musste ich mich eine halbe Stunde lang kämmen. Von Ole einen Kopfrubbel zu kriegen, ist schlimmer, als wenn einem jemand Kaugummi in die Haare klebt.

Zum Abendessen gab es Brot mit Butter und Tomatenmark, weil Mama vergessen hatte einzukaufen. Paps runzelte die Stirn und Ole machte mit dem Handy ein Foto von seinem Teller – vermutlich um das Bild ins Netz zu stellen. Mir war das egal. Ich hatte andere Sorgen.

»Welches Land ist eigentlich am allerweitesten weg von uns?«, fragte ich.

»Tasmanien«, sagte Paps.

Hä?

»Australien, die Ecke da«, meinte Mama.

Au ja, Australien! Da soll ja oft die Sonne scheinen. Da braucht man keine Sonnenbänke, und dicke Pullis, die sich in Rolltreppen einklemmen, auch nicht. Und es gibt Kängurus. Die sind viel niedlicher als Katzen und außerdem hoppeln sie noch tollpatschiger durchs Leben als ich.

»Da gehe ich mal hin, wenn ich groß bin«, verkündete ich.

»So, so«, sagten Mama und Papa.

»Viel Spaß«, sagte Ole.

Bruno sagte nichts, sondern fing an zu weinen.

»Du hast doch deine Schnecken«, sagte ich.

Und da hörte er auf zu weinen und lächelte wieder. »Stimmt.«

Vor dem Einschlafen meldete sich Dana noch mal. »Du bist so witzig«, schrieb sie.

Ich schüttelte den Kopf und fragte mich ernsthaft,

ob ich nicht doch auf Oles Vorschlag mit der Lebensberatung eingehen sollte. Leider hatte ich kein Geld mehr.

»Wenn es Bastian nicht sein *darf*, werden wir VV 3 auf den Vampirzahn fühlen«, ging ihre SMS weiter. »Hab da auch schon eine Idee. Freu!!!«

Fürcht!!! Ich wollte es gar nicht wissen. Ich hatte die Nase voll von Danas Ideen. Aber das traute ich mich ihr nicht sagen, um sie nicht schon wieder zu enttäuschen.

»Schade«, schrieb ich zurück. »Geht nicht.«

»???«

»Bin total pleite.« Ich grinste in mich hinein, während ich es tippte.

»Macht nichts«, kam es prompt zurück. »Diesmal ist es umsonst.«

Mist! Mir verging das Grinsen. »Super«, schrieb ich.

Darauf sie: »Seh dich am Dienstag.«

Diesmal schickte *ich ihr* drei Fragezeichen.

»Montag ist doch Praktikum!«, antwortete Dana.

Oh.

Natürlich würde ich mein Praktikum NICHT im *Beauty by Bea* machen. Erstens war ich nicht dazugekommen, sie zu fragen, und zweitens würde ich nie wieder einen Fuß in dieses Studio setzen. Fragte sich nur: Wo dann? Vielleicht ausmisten beim Hansenhof? Auf Scheiße bin ich schließlich spezialisiert. Und wer gut Mist bauen kann, kann ihn bestimmt auch prima wegmachen, oder?

Gleich am nächsten Morgen zog ich los. Doch Herr Hansen schüttelte bedauernd den Kopf. Seine Tiere mochten es nicht, wenn Fremde im Stall herumfuhrwerkten. Das machte sie unruhig.

Die Eisdiele hatte montags geschlossen und im Zeitschriftenladen und an der Tankstelle wusste man nichts mit mir anzufangen. In der Bäckerei Blume nahmen sie Praktikanten erst ab vier Wochen aufwärts. Das sagte mir die Verkäuferin am Samstag und die am Sonntag auch noch mal, als ich für uns alle Brötchen holte.

Damit war ich mit meinem Latein am Ende. Beim Frühstück brachte ich mein Problem vor der versammelten Mannschaft vor.

Ole bot mir an, als seine persönliche Dienerin zu jobben.

Bruno bot mir an, als Schneckenzüchterin zu arbeiten.

Paps bot mir an, ihm zu assistieren.

Und Mama bot mir an, das Haus zu putzen.

Während ich noch zwischen Heulkrampf und Tobsuchtsanfall schwankte, hatte sie dann doch noch die rettende Idee für mich, meine kreative Mama. Ich durfte ihr als Autorin über die Schulter schauen! Gut, ich musste ihren Arbeitsplatz, die Gartenhütte, aufräumen, aber dann wollte sie mir auch was übers Schreiben beibringen.

Und da umarmte ich sie ganz fest.

Das klang doch cool.

12. Kapitel

... in dem ich unter die Autoren gehe und dem Fischstäbchen ein Liebesgedicht schicke

Eines lernte ich beim Berufspraktikum sehr schnell: Nicht alles, was cool klingt, ist auch cool. Es fing schon damit an, dass Mama mich am nächsten Morgen zur gleichen Zeit aus den Federn scheuchte wie immer.

Beim Aufräumen in der Gartenhütte fror ich erbärmlich, weil es eine Weile dauerte, bis der Heizlüfter Wirkung zeigte. Zähneklappernd fluchte ich über die vielen ollen Kaffeetassen, die überall herumstanden, über die zerknüllten Klebezettel und den überquellenden Papierkorb, die ungespitzten Bleistifte, den Staub und die toten Mücken und Spinnen, die ich aus den Ecken und Ritzen fischte.

Eine dreiviertel Stunde später war es schon viel gemütlicher. »Sehr schön geworden«, sagte Mama gnädig, brachte eine neue Kaffeetasse für sich und einen

Kakao für mich mit, und dann machten wir uns an die Arbeit.

Die Sonne schien durch die Fenster herein und blendete mich, und ich spähte hinaus in den Garten und verstand auf einmal, warum meine Mutter so gern hier arbeitete. Draußen war gerade eine seltsame Dazwischenzeit: Der Herbst war mehr oder minder vorbei und der Winter noch nicht da. Es gab keine bunten Blätter mehr, aber auch noch keinen Schnee. Ein bisschen wie ich irgendwie, ich hing auch so dazwischen.

Vor mir stand Oles Laptop. Mein Bruder hatte zwar lautstark protestiert, aber gegen unser Gemaule ist Mama total immun. Wirklich benutzt hatte ich ihn allerdings noch nicht. Mit Mamas Hilfe hatte ich ein neues Dokument geöffnet und da saß ich nun vor meiner leeren Seite.

Ich sah Mama von der Seite an. Beim Nachdenken presste sie merkwürdig die Lippen aufeinander. Und dann, kurz bevor sie mit dem Schreiben loslegte, kniff sie die Augen zusammen und dann ging es ab. Wie ein wild gewordener Pianist hämmerte sie ein paar Minuten auf die Tastatur ein. Danach herrschte wieder Ruhe und Lippenzusammenpressen.

»So, und über was soll ich jetzt schreiben?«, fragte ich.

Mama lachte. »Das musst du selbst wissen, Milly.«

»Aber mir fällt nichts ein.«

»Dann ist Autorin vielleicht nicht der richtige Beruf für dich.«

»In der Schule kriegen wir immer gesagt, was wir schreiben sollen. Und wie wir's schreiben sollen. Und …«

Mama stieß mit Nachdruck die Luft aus. »Du, Milly, ich muss mich jetzt echt konzentrieren und dazu wäre ein bisschen Ruhe nicht schlecht. Ich *arbeite* hier nämlich.«

Ich sprang auf. »Okay, dann lasse ich dich mal …«

»Nein.« Mama hielt mich am Arm fest. »Damit meine ich nicht, dass du gehen sollst, sondern dass du auch arbeitest. Leise.«

Nach fünf Minuten, in denen ich nur auf einer Haarsträhne kaute – das mache ich jetzt immer, seit meine Fingernägel ein Totalausfall sind –, sah sie mich an und seufzte. »Wie wäre es mit Tagebuchschreiben?«, schlug sie vor.

Ich schüttelte energisch den Kopf. Auf gar keinen Fall! Da würde ich nur für immer und alle Zeit an all meine Peinlichkeiten und Pannen erinnert.

»Oder du fängst mit einem Gedicht an. Oder mit einem Essay.«

»Essay?«, fragte ich.

»Das ist ein kurzer Text, eine Art Mini-Aufsatz. Darf auch witzig sein, aber keine Geschichte mit einer richtigen Handlung, sondern eher deine Gedanken zu einem bestimmten Thema.«

Kurz klang gut. »Zu welchem Thema denn?«

»Irgendeinem. Denk dir was aus.«

»Aha.«

Mama wandte sich wieder ihrem Laptop zu. Erneut presste sie die Lippen zusammen, verengte die Augen. Presste, verengte und tippte.

Also gut. Wenn das so ging. Ich nahm meine Haarsträhne aus dem Mund. Dann presste auch ich die Lippen aufeinander.

Presste mehr.

Fester.

Länger.

Noch länger.

Langweilig.

Ich schüttelte den Kopf. So kam ich irgendwie nicht weiter. »Und wie macht man das, Mama, dass man sich was ausdenkt?«

Sie warf mir einen genervten Blick zu.

»'tschuldige«, murmelte ich. Dann fiel mir Papa ein, der sich immer am Kopf kratzt, wenn er nachdenkt. Also kratzte ich. Am Kopf. An der Backe. Am Kinn. Am Ohr. Oh Mann, ich hätte jetzt viel mehr Lust gehabt, mit Brunos Schnecken zu spielen. Ja, sogar ihre Köttel und ihren Schleim wegzuputzen, erschien mir gerade erstrebenswert.

Überhaupt wäre ich gern eine Schnecke, wurde mir klar, je länger ich darüber nachdachte. Die fressen den ganzen Tag vor sich hin, schleimen ein bisschen rum, und wenn es ihnen zu blöd wird, ziehen sie sich in ihr Haus zurück und schon haben sie ihre Ruhe. Ich hätte auch gern meine Ruhe gehabt, vor allem von der Mister-Biss-Suche. Erst setzte Dana mich auf Jens an, dann meldete sie mich einfach bei Bastians Mutter im Schönheitssalon an, und jetzt hatte sie schon wieder irgendetwas mit mir vor. Und dass es diesmal um den steinalten John ging, war ja wohl klar. Das ging mir alles zu schnell. Es war fast schon zum Schwindligwerden. Dana war vielleicht eine Rennmaus, aber ich war eine Schnecke. Als Mensch und anscheinend auch als Autorin. Ich fing wieder von vorne an mit dem Kratzen: am Kopf, am Ohr …

Mama sah mich von der Seite an. »Hast du Läuse?«, fragte sie.

»Pssst«, sagte ich, »ich *arbeite* hier.« Und dann kniff ich die Lippen und die Augen zusammen und legte los.

Schneckengedicht
von Milly Kissinger

Mein Leben ist ein Karussell.
Manchmal dreht es sich zu schnell.
Nur ich bin leider eine Schnecke,
wenn ich mal wieder gar nichts checke.
Möcht mich verkriechen in mein Haus.
Gedicht aus.

»Fertig«, sagte ich zu Mama.

Sie lachte. »Das ging aber schnell.«

»Wer kann, der kann«, meinte ich und wollte aufstehen.

Mama legte ihre Hand auf meinen Arm. »Weißt du, Milly, du wolltest in meinen Beruf reinschnuppern, aber was du jetzt machst, riecht ehrlich gesagt nach Faulenzen. Und wenn man als Autor eins sein muss, dann diszipliniert.«

»Dis-was?«

»Du musst dranbleiben. Am Tisch und am Text. Dich unter Kontrolle haben.«

Ha! Der Witz des Jahrhunderts. Wenn ich eins nicht hatte, dann Kontrolle.

»Es ist super, dass du schon einen Text fertig hast«, sagte sie, »aber wenn das bei dir so fix geht, dann kannst du ja noch mehr schreiben, hm?«

Ich verdrehte die Augen. »Wenn's sein muss.«

Sie nickte. »Es muss. Weil ein Praktikum im Abhängen brauchst du nicht machen, das kannst du schon.«

Ich bleckte ihr die Zunge und sie mir auch und dann arbeiteten wir weiter.

Nach einer Weile Kopfkratzen und Lippenaufeinanderpressen fiel mir noch was ein, über das ich schreiben konnte. Zuerst dachte ich, es müsste auf Englisch sein, weil das cooler wäre.

My name is Milly Anne
and I'm voll panne.
I kissed a vampire

Was reimt sich jetzt auf »Wämpeier«? Schleier? Reiher? Feier.

I kissed a vampire
at the Halloweenfeier.
That was very nice,
but the text is a Scheiß.

Dann fiel mir nichts mehr ein. Englisch war echt schwer. Very schwer. Ich versuchte es lieber wieder auf Deutsch:

Ich habe 'nen Vampir
Geküsst wie'n Stier.

Nein, das war nicht gut. Weg damit. Was reimte sich noch auf Vampir? Papier, Klavier, Bier.

Er roch nach Bier.
Und jetzt: Klavier!
Ich schreib's auf Papier.

Alles blöd. Also alles löschen und noch mal von vorn. Ich kaute und kratzte, tippte mit den Fingern, tappte mit dem Fuß, löschte wieder und überlegte weiter, bis ich was Gutes hatte:

Es war an Halloween,
da traf ich ihn.
Ich war Zombie, er Vampir,
und er plötzlich neben mir.
Wir küssten uns in einer Kammer,
das war nicht Schrecken,
das war Hammer.
Doch seitdem läuft nur Scheiß,
ich drehe mich im Kreis.
Ich bin hier,
doch wo ist mein Vampir?
I am Miss Kiss
looking for Mister Biss.

Darauf war ich ziemlich stolz, aber es hatte ganz schön lang gedauert. Irgendwann klappte Mama ihren Laptop zu und meinte: »Reicht.«

Danach musste ich erst Gemüse schnippeln und dann Wäsche bügeln, während Mama kochte.

Nach dem Mittagessen verdonnerte sie mich zum Mathelernen.

»Aber als Autorin braucht man doch kein Mathe!«, protestierte ich.

Und da lachte Mama und nahm mich in den Arm. »Okay, dann schreibst du später deinen Praktikumsbericht, und jetzt gebe ich dir frei und wir fahren in die Stadt und kaufen dir was Schönes, bevor wir Bruno abholen. Was hältst du davon?«

»Au ja!«, rief ich. »Einen roten Pulli könnte ich brauchen.«

Dass ich ab Mittag freigehabt hatte, erwähnte ich nicht in meinem Bericht. Stattdessen schrieb ich, dass Autoren viel Disziplin und Kontrolle benötigen und manchmal jemanden, der für sie aufräumt. Am Schluss kopierte ich noch hintendran, was ich geschrieben hatte.

Nach dem Schneckengedicht zögerte ich. Es fühlte sich irgendwie nicht richtig an, meinem Lehrer das Vampirgedicht zu schicken. Zu persönlich irgendwie. So, als dürfte er in meinem Zimmer in den Schubladen rumwühlen.

Ich speicherte das Vampirgedicht extra ab. Eine Weile überlegte ich. Das Schneckengedicht allein kam mir wiederum zu popelig vor. Es musste noch was her, etwas Unverfänglicheres, damit das Fischstäbchen nicht dachte, ich wäre daheim vor der Glotze rumgehangen. Das war mir irgendwie wichtig.

Hatte Mama nicht was von so einem kleinen Meinungsaufsatz erzählt? Allerdings stellte sich da die alte Frage: Worüber sollte ich schreiben? Noch während ich das dachte, fiel mir schon etwas ein – gut, die Idee war von mir selbst geklaut, aber das war mir doch piepegal.

Also schrieb ich noch einen Ersatzaufsatz:

Das Mini-Mini-Meinungsdingsi
von Milly Kissinger

Schnecken haben es gut. Sie fressen, schleimen ein bisschen rum, dürfen tagsüber schlafen und nachts ewig aufbleiben, und wenn ihnen was nicht passt, ziehen sie einfach ihre Fühler ein und verschwinden. Sie brauchen keine Maniküre und keine Pullis und müssen nicht Rolltreppe fahren. Sie haben ein Haus ganz für sich allein, wo sie tun und lassen können, was sie wollen, und müssen nie aufräumen. Im nächsten Leben werde ich Schnecke! Und bis dahin mache ich es einfach wie die Schnecken, ganz nach dem Motto: niemals etwas übereilen, sondern gechillt die Lage peilen.

Das kopierte ich auch in meinen Praktikumsbericht hinein und speicherte ihn ab. Dana und Luzi schickte ich kichernd das Vampirgedicht, weil ich ein bisschen stolz darauf war. Dann tippte ich Fischstäbchens Mailadresse ein.

Krächz-krääächzzz!

Geierschreie erschallten und kündigten eine SMS an. Mit einem Auge schielte ich auf mein Handy, während ich mit der Maustaste auf dem Bildschirm herumfuhrwerkte. Dana schrieb mir, dass ich morgen eine alte Hose und ein altes T-Shirt in die Schule mitbringen solle, die auch dreckig werden durften.

Mir schwante, was sie vorhatte. Aber nicht mit mir! Ich brauchte dringend eine Pause. Irgendwie würde ich ihr einen Strich durch die Rechnung machen. Mir würde schon was einfallen. Jawohl!

Entschlossen hängte ich den Bericht an die Fischstäbchen-Mail und hämmerte mit Nachdruck auf *Senden*.

Noch im selben Augenblick, in dem ich auf die Taste drückte, merkte ich, dass ich das falsche Dokument angehängt hatte. Es hieß *Vampirgedicht*.

Oh nein! Hektisch guckte ich auf dem Bildschirm herum. Wo war der Button, mit dem man das Ganze rückgängig machen und das Gesendete wieder zurückholen konnte? Wo? Ich suchte eine Weile. Vergeblich. Eine »Zurück«-Taste gab es nicht. Genauso wenig wie im echten Leben. Dabei ist das doch die allerwichtigste!

Ich starrte auf den Bildschirm und mein Herz klopfte holprig dazu. Was hatte ich getan? Sogar zu Hause gelang es mir, Dinge zu machen, für die ich mich in Grund und Boden schämen musste.

Mit feuerrotem Kopf schrieb ich meinem Lehrer eine zweite Mail und bat ihn, die erste nicht zu öffnen, weil sie den falschen Text enthielt.

Danach suchte ich meine Stoffmalfarben und bearbeitete ein altes schwarzes Shirt von Ole, das er mir kommentarlos aufs Bett gepfeffert hatte, mit einem roten Glitzerstift. PANNE schrieb ich darauf und zog es gleich zum Schlafen an.

Als Paps später kam, um mir einen Gute-Nacht-Kuss zu geben, und mir über den Kopf streichelte und »Schlaf schön, Milly« sagte, korrigierte ich ihn. »Ich heiße nicht Milly, ich heiße Panne.«

»Ich hab dich so oder so lieb«, sagte er, und da musste ich kläglich lächeln.

13. Kapitel

… in dem Janja mich zum Gespött macht, Leon sich auf den Boden und in die Nesseln setzt und ich zum Pinsel greife

Zur Schule gehe ich ja so halb-halb. Halb gern, weil ich mich immer auf meine Freundinnen freue, und halb ungern, weil Lernen nervt und gewisse Leute auch.

An diesem Dienstag war meine Lust auf die Schule auf dem absoluten Tiefpunkt angelangt, denn heute musste ich zugeben, dass ich mein Praktikum schön bei meiner Mama zu Hause gemacht hatte. Und schlimmer noch: Ich sah schon Janjas fieses Krokodilsgrinsen vor mir, wenn sie allen brühwarm von meiner bescheuerten Einklemm-Aktion im Sonnenstudio erzählen und mich als den totalen Volltrottel hinstellen würde, der ich ja auch war.

Und tatsächlich: Als ich mit Luzi an meiner Seite möglichst kurz vor acht das Klassenzimmer betrat, war Janja von einer Horde Mädchen umringt – darunter auch Fi – und gestikulierte mit ausladenden Handbewegungen und nigelnagelneuen Nägeln.

»Nein! Ich fasse es nicht«, raunte Anja.

»Wenn ich's doch sage!« Janja sprach so laut, dass auch alle anderen es mitbekamen. »Sie hat es echt geschafft, sich in der Sonnenbank einzuklemmen, und kam nicht mehr raus. Wie ein bescheuertes Hot-Dog-Würstchen. Und da wäre sie auch bis in alle Ewigkeit gegrillt worden, wenn ich sie nicht gerettet hätte.« Sie machte eine Kunstpause.

Die anderen hingen an ihren Lippen. »Wie denn? Erzähl weiter!«

»Ich habe mich unter ihrer Kabinentür durchgezwängt, die Palme und den Kleiderständer weggeräumt, die aufs Solarium draufgekracht waren, den Deckel hochgeho… – oh, hallo Milly.« Sie winkte mir mit ihren pinken Funkelfingernägeln zu, die alte Nachmacherin und Petze.

Die anderen guckten zu mir rüber und kicherten. Die Einzige, die nicht lachte, war Fi. Zum ersten Mal seit zwei Wochen sah sie mich an und auch nicht sofort wieder weg, als unsere Blicke sich trafen. Wahrscheinlich gönnte sie mir diese Blamage so richtig von ganzem Herzen.

Ich ließ mich wortlos auf meinen Platz fallen und tat so, als würde ich nicht merken, wie mir die Hitze in die Wangen schoss. Ich kann zwar super lügen, ohne rot zu werden, aber das hier war was anderes.

Unter der Bank nahm Luzi meine Hand und drückte sie ganz fest. »Hör gar nicht hin«, flüsterte sie. »Gleich geht es um das Praktikum, dann ist die Sache vom Tisch.«

»Du meinst von der *Bank*«, rief Leon, der mit Manuel auf der Tischkante hinter uns saß. »Von der *Sonnenbank,* ha-ha!« Er lachte und Luzi wurde genauso rot wie ich.

»Halt die Klappe, Leon!«, fauchte sie ihn an.

Und während Leon noch verdutzt guckte und sich wunderte, warum sein Witz bei seiner Freundin nicht so gut angekommen war, stand Manuel so abrupt auf, dass der Tisch mitsamt Leon umkippte. Es gab ein ziemliches Gepolter, und Leon fluchte und rieb sich das Hinterteil.

Ohne es zu wollen, musste ich zum ersten Mal an diesem Tag lächeln. Echt, das Schokoladenauge war mindestens so tollpatschig wie ich.

Im Gegensatz zu mir schien es ihm aber kein bisschen peinlich zu sein. Er murmelte nur ein »Sorry«, zuckte die Achseln und dann erzählte er von seinem Praktikum im Tierheim und dass er sich total in eine Promenadenmischung aus Schäferhund und Mops verliebt hatte.

»Wartet, ich habe ein Foto von Molly.« Er tippte auf seinem Handy herum und hielt es uns hin. Die kleine Hundedame darauf hatte sandfarbenes Fell, eine fast schwarze, sehr kurze Schnauze und genauso schöne dunkle Augen wie Manuel, fiel mir auf, als ich erst das Bild und dann ihn ansah. Da wurde einem ganz schokoladig zumute, wenn man länger reinguckte, dachte ich. Und dann dachte ich: *Ahhhh!*, und schaute schnell woanders hin. Wie kam ich dazu, dem Typ ewig in die Augen zu glotzen? Ich suchte einen Vampir, keinen Schokonikolaus!

Danach erzählte Manuel noch, dass er jetzt immer einmal die Woche ins Tierheim gehen würde, um Hunde auszuführen, und zeigte uns Fotos von Rennmäusen und Meerschweinchen, bis das Fischstäbchen mit Verspätung hereinhastete und seine Tasche schon von der Tür aus auf den Tisch warf. Zwar nervte es mich schon, dass Manuel so ein tolles Praktikum gemacht hatte, aber wenn ich ganz ehrlich war, fand ich es auch gut, dass er sich so engagierte. Und außerdem war die Aufmerksamkeit dadurch von mir abgelenkt.

Noch viele andere berichteten im Deutschunterricht von ihren ersten Erfahrungen in der Berufswelt, aber die Stunde reichte bei Weitem nicht aus, um alle dranzunehmen. Mich überging das Fischstäbchen großzügig und danach war alles etwas leichter.

Nachdem sich in der ersten Pause noch alles um die Praktika gedreht hatte, nahm Dana mich in der zweiten Pause beiseite. Sie ließ die Augenbrauen auf- und abzucken. »Und, Milly? Bist du bereit für die Überraschung?«

Ich schlug mir die Hand vor den Mund. »Oh nein!«,

keuchte ich in gespieltem Entsetzen. »Das hab ich total vergessen! Ich sollte alte Anziehsachen mitbringen, stimmt's?« Betrübt sah ich sie an und überlegte, mit dem Fuß aufzustampfen, aber man soll ja nicht zu dick auftragen.

»Ach nö!« Dana verengte die Augen wie Mama beim Schreiben. Der Blick machte mir Angst. Vor allem, als sie zu strahlen begann und mir den Arm um die Schulter legte. »Macht nix. Weißt du, was: Ich leihe dir einfach meine. Dann kannst du doch bei der Renovierung des Schülercafés mitmach– ups, jetzt ist die Überraschung futsch.« Sie kicherte.

Ich machte eine abwehrende Handbewegung. »Dana, das ist total lieb von dir, aber das kann ich nicht annehmen. Du wolltest doch selbst mitmachen, wenn du dir extra alte Sachen eingepackt hast.«

Dana schüttelte den Kopf, dass die Locken flogen. »Das tue ich doch nur für dich, Dummerchen«, erklärte sie. »Und außerdem habe ich dann beide Hände frei, um Fotos fürs Wölfchen zu schießen!« Sie lächelte mich triumphierend an, und als ich nichts darauf antwortete, sagte sie: »Danke, liebe Dana. Du bist meine Rettung.«

Oder mein Untergang. So langsam hatte ich das Gefühl, dass das gar nicht mehr meine Mission war, sondern eher die von Dana.

Sie stieß mich aufgeregt mit dem Ellbogen an. »Das wird super. Auf diese Weise kannst du ganz unauffällig John ein bisschen näherkommen. Vielleicht von einer Leiter in seine Arme fallen oder so … Allerdings«, sie zögerte kurz, »Fi ist auch dabei. Das macht dir doch nichts aus, oder?«

»Nöö.« Ich schüttelte den Kopf. »Da steh ich drüber.«

Doch mein Bauch sagte etwas anderes, als wir zwei Stunden später in Raum 01 standen. Er zwickte und zwackte und flatterte, wenn ich zu Fi und Manu rübersah, die nicht weit entfernt von Luzi und mir Tischbeine in verschiedenen Türkistönen anmalten. Sie schienen sich gut zu verstehen. Ab und zu lachte Fi auf und ließ ihren Nasendiamenten funkeln. Eigentlich war Manu ganz witzig. Wenn er nur nicht immer zur Stelle wäre, wenn mir was Dusseliges passierte … Wahrscheinlich erzählte er ihr gerade die Geschichte von meinem Pulli und der Rolltreppe oder so.

Schnell wandte ich den Blick von den beiden ab und guckte zu John. Deshalb war ich schließlich hier – zumindest wenn es nach Dana ging. Er machte eine gute Figur, wie er da so auf einer Leiter stand und mit einem dicken Pinsel weiße Schäfchenwolken an die Decke malte. Obwohl er wieder ein Zeitungshut-Schiffchen auf dem Kopf hatte, waren seine langen braun gelockten Haare, mit denen er Dana Konkurrenz machte, weiß gesprenkelt. Und er war ziemlich muskulös. Gut sah er aus. Unheimlich gut. Und genau das war er mir auch: unheimlich. Nicht, weil er irgendwie schräg drauf war, sondern weil er schon so groß und erwachsen wirkte. Bei der Vorstellung, dass *er* mein Vampir war, bekam ich kalte, schwitzige Hände.

Hastig konzentrierte ich mich auf den Stuhl, den Luzi und ich grasgrün anpinselten, und rief mir wieder ins Gedächtnis, was ich mir vorgenommen hatte: Jungs abchecken wie die Schnecken! Komposti, Hecki, Terrassi und wie sie alle hießen, hatten es mir vorgemacht: nichts übereilen, sondern gechillt die Lage peilen. Und da klopfte mein Herz gleich wieder etwas ruhiger.

Vielleicht, überlegte ich, sollte ich nicht dem alten John in die Arme fallen, sondern lieber Fi. Und dann würden wir uns natürlich nicht küssen, sondern umarmen und wären wieder Freundinnen. Oder noch besser: *Sie* würde *mir* in die Arme fallen. Und dann hätte ich ihr das Leben gerettet – zumindest ein bisschen – und sie wäre wieder gut mit mir. Obwohl: Wenn ich ganz tief in mich hineinhorchte, merkte ich, dass ich inzwischen eine ziemliche Wut auf sie hatte. Wenn sie nicht mehr mit mir befreundet sein wollte, sollte sie es eben bleiben lassen. Ich würde ihr jedenfalls nicht mehr hinterherrennen. Und dass sie damals an meinem Geburtstag die Hundesabbergurke gegessen hatte, das geschah ihr ganz recht, fand ich.

Aber das mit der Leiter und dem Runterfallen und Auffangen waren sowieso nur so Hirngespinste. Ich jedenfalls würde mich ganz bestimmt *nicht* draufstellen, denn bei meinem Glück würde ich beim Runterfallen, statt ritterlich von John aufgefangen zu werden, wieder jemanden in den Boden rammen. Die Geschichte mit Manuel, der Kacktze und dem Baum war mir noch allzu gut im Gedächtnis. Apropos Kacktze: Die war auch da. Sie lag auf einem Fensterbrett über der Heizung und döste. Ich stellte mir vor, wie ich ihre Schwanzspitze in einen grünen Farbeimer tauchte und dann mit einem Pinsel in Quietschgelb *Kacktze* quer über ihr Fell schrieb, oder *Iss mich, Chinese.*

Streichen ist echt gar nicht so übel, da kann man wunderbar die Gedanken wandern lassen und die Augen auch. Leon schien dagegen weniger Spaß zu haben. Er arbeitete allein am anderen Ende des Zimmers, wo er mit Schleifpapier wütend an einem selbst gebauten Sofa aus Holzpaletten herumschmirgelte. Seit seinem dummen Kommentar mit der Sonnenbank hatte Luzi kein Wort mehr mit ihm gewechselt. Dabei war das hier eigentlich ihr Ding, ihr gemeinsames Hobby. Tja, selber schuld, Leon.

Manuel war inzwischen mit den Tischbeinen fertig. Jetzt stand er hinter Luzi und mir und strich ebenfalls einen Stuhl an – seiner wurde butterblumengelb. Quer über die Stirn hatte er einen langen Farbschmierer, der seine dunklen Augen noch mehr betonte.

Mir wurde sehr sommerlich und süß zumute und ich musste unwillkürlich lachen.

Manuel sah auf. »Was?«

Ich tippte mir an die Stirn.

Er zog die Augenbrauen hoch und der Schmierer legte sich in lustige Falten. Wahrscheinlich dachte er, ich zeigte ihm einen Vogel.

»Du hast da was«, erklärte ich, riss ein Stück Küchenrolle ab und rubbelte damit über den Fleck.

»Du auch«, sagte er und deutete auf meine Wange.

Na klar. Ich verdrehte die Augen. »Weißt du, ich habe einen großen Bruder, auf so billige Tricks falle ich nicht rein.«

»Du brauchst Beweise?« Er zog sich den Ärmel seines Shirts über die Hand und rieb damit behutsam über meine Wange, die sehr warm wurde unter der Berührung. Ob das vom Rubbeln kam? Bestimmt. Aber was seltsam war: Die andere brannte genauso heiß.

In dem Moment blendete uns ein Blitz.

»Im Kasten«, verkündete Dana und warf mir einen komischen Blick zu. »Süß, ihr beiden«, sagte sie, und ich drehte mich schleunigst wieder zu meinem Stuhl um und bearbeitete ihn wie wild mit dem Pinsel.

»Also, so richtig rangegangen bist du ja nicht«, nörgelte Dana hinterher, als wir uns umgezogen hatten und vor der Schule mit Küsschen links und rechts verabschiedeten.

»Zumindest nicht bei John«, meinte Luzi und kicherte.

Ich warf ihr einen empörten Blick zu. »Was soll das denn jetzt heißen?«

Sie guckte harmlos. »Kann es sein, dass Vampire dich gar nicht mehr so interessieren, sondern du mehr auf Schokolade stehst?«

Dieses Gelaber ging mir so auf den Wecker, dass mir schon wieder Hitze in die Wangen schoss, und ich wühlte schnell in meiner Schultasche, bis ich fand, was ich suchte. »Stimmt!«, verkündete ich dann mit einem breiten Grinsen, riss meine letzte Tafel Schokolade auf und biss hinein. »Wollt ihr auch?«

Doch so leicht ließ Luzi sich nicht abspeisen.

»Manuel ist echt nett«, fing sie noch einmal an, als wir zu zweit im Bus saßen. Und ihre runden blauen Augen, die immer ein bisschen erstaunt wirkten, konnten nicht darüber hinwegtäuschen, dass sie mich dabei lauernd ansah wie ein Tiger seine Beute.

»Meine Oma ist auch echt nett«, sagte ich. »Und jetzt gib Ruhe.«

Tag für Tag verbrachten wir nun nach Schulschluss noch ein, zwei Stunden im zukünftigen Café. Zweimal bekamen wir sogar vom Fischstäbchen die letzte

Stunde extra dafür frei, weil die Eröffnung schon für Samstag geplant war. Alle, die nicht im Renovierungsteam waren, protestierten lautstark, doch ich jubilierte, denn so konnte ich Plastikrosen-Jens umgehen, der mir immer noch jeden zweiten oder dritten Tag vor meinem Klassenzimmer auflauerte.

John beobachtete ich nach wie vor nur aus sicherer Entfernung – ganz im Gegensatz zu vielen anderen Mädchen, die ihm in seine Haarpracht fassten, wann immer sich eine Gelegenheit dazu bot. Jeden Tag war mir weniger flau, wenn ich ihn sah. Zweimal lächelte ich ihn sogar an und er lächelte zurück. Erstaunlicherweise hatte ich dabei keine Schmetterlinge im Bauch. Nur ein einziges Mal bekam ich so ein Kribbeln, als ich zu ihm rüberguckte, nämlich, als er sich mit Manuel eine hitzige Diskussion über die hintere Wand des Cafés lieferte. John war dafür, sie grasgrün mit bunten Blumensprenkeln zu bemalen, während Manuel sie einfach nur schwarz machen wollte.

»Das wird toll«, meinte Manu. »Vor einer schwarzen Wand kommen die Stühle und Tische in den verschiedenen Gelb- und Grüntönen viel besser zur Geltung. Die leuchten da richtig. Und so eine Wiese *und* die Schäfchenwolkendecke, das wird einfach zu viel. Das ist voll kitschig.«

»Dafür ist dein Vorschlag voll gruftig«, konterte John.

»Ich mag Grüfte«, gab Manuel zurück und machte

mit seiner Malerrolle einen breiten schwarzen Streifen an die Wand. Mir fiel auf, dass er fast so groß wie der Zehntklässler war. »Außerdem wirkt eine schwarze Wand wie eine Art Bühnenhintergrund. Und weißt du, was: Wir nehmen Tafelfarbe! Dann kann man die Wand mit Kreide beschriften und immer wieder abwischen. Wir könnten zum Beispiel den Namen des Cafés hinschreiben oder die Tageskarte oder witzige Sprüche. Jeder darf sich austoben – wie an einer Graffiti-Wand.«

»Eine Art Tafel? Wie im Klassenzimmer?« John schüttelte den Kopf und malte quer einen grünen Streifen über Manuels schwarzen. »Schau mal, das wirkt doch viel freundlicher.«

Auf einmal hörte ich meine eigene Stimme. »Ich bin für schwarz! Das soll ja hier kein Kindergarten werden, sondern ein cooles Café.«

»Ich auch!«, rief Fi.

Und plötzlich schrien alle durcheinander und wir stimmten ab und Manuel gewann.

Hinterher fragte mich Dana, ob ich noch alle Tassen im Schrank hätte. Man müsste doch so tun, als würde man alle Ideen von seinem Schwarm toll finden und immer einer Meinung mit ihm sein und überhaupt.

Ich schaltete auf Durchzug. Ich hatte meine eigene Meinung, und wenn John das nicht passte, dann hatte er Pech gehabt.

Am Ende der Woche war nicht nur die Woche zu Ende, sondern auch die Renovierung. Und damit meine Schnupperzeit mit John.

Das noch namenlose Café war wirklich toll geworfen: ein bisschen cool schwarz und ein bisschen fröhlich bunt. Genau wie meine Fingernägel, von denen verschiedene zitronengelbe, papayagrüne und türkise Farbschichten nicht mehr abgingen.

Auch in mir drin herrschte ein kunterbuntes Durcheinander. Fand ich John jetzt gut oder nicht? Er war schon toll, keine Frage, aber eigentlich war er mir zu alt. Wenn ich an den Vampirkuss dachte, sah die Welt allerdings ganz anders aus. Vielleicht musste ich ihn einfach küssen, um herauszufinden, was Sache war. Und welche Gelegenheit hätte sich dazu besser geeignet als die große Einweihungsparty des Schülercafés am Samstag?

14. Kapitel

... in dem alles schiefläuft, bis alles gut wird

Warum ist es manchmal so extrem schwer, das Richtige zum Anziehen zu finden? Den halben Nachmittag probierte ich meinen Kleiderschrank durch, bis sogar Luzi irgendwann die Geduld verlor und sagte: »Mach hin.«

Am Schluss entschied ich mich für das allererste Outfit: ein knallgelbes Top über einem dunkelgrünen Langarmshirt. John stand ja auf fröhliche Farben. Danach trug ich noch Lipgloss auf und tuschte mir so lang die Wimpern, bis wir den Bus verpassten.

Als Luzi und ich schließlich mit einer halben Stunde Verspätung in der Schule ankamen, war die Party bereits in vollem Gange.

Alle Tische waren besetzt, überall standen Grüppchen von Schülern herum und ein paar Lehrer waren auch da. Ich stellte mich auf die Zehenspitzen, um nach Dana Ausschau zu halten, konnte sie jedoch nirgends finden. Dafür sichtete ich gegenüber am Fenster das Fischstäbchen, das sich mit Fi, Manuel und Leon unterhielt. Im hinteren Teil des Cafés war vor der schwarzen Wand eine kleine Bühne aufgebaut, nur ungefähr eine Schultasche hoch, aber trotzdem eine Bühne. Dort sollte später die Schulband ihren Auftritt haben, aber noch standen das Keyboard und das Schlagzeug einsam herum und zwei Gitarren und ein Bass lehnten an der Wand.

Rechts an der Bar entdeckte ich John. Zusammen mit drei Zehntklässlerinnen schenkte er Getränke aus und schien leicht überfordert angesichts des riesigen Andrangs. Auf der Theke und auf den Tischen standen silberne Tabletts mit belegten Brötchen. Zumindest mussten einmal Brötchen darauf gewesen sein, das erkannte man noch an den Krümeln und an ein paar übrig gebliebenen halbierten Cherrytomaten und Gurkenstückchen.

Das durfte doch nicht wahr sein! War wirklich schon alles weggefuttert? Ich sah mich um – und entdeckte doch noch ein Tablett mit exakt drei Brötchen drauf. Es steuerte geradewegs auf mich zu, was schön war. Allerdings hatte es einen gewaltigen Nachteil: Es wurde von Jens getragen. Dabei hatte er doch gar nicht bei der Renovierung mitgeholfen.

»Was machst du denn hier?«, begrüßte ich ihn wenig begeistert, als er sich zu uns durchgeschlagen hatte.

»Mein großer Bruder hat mich eingeladen.« Er deutete zur Theke hinüber, wo sich gerade ein Mädchen über den Tresen beugte und John neckisch am Pferdeschwanz zog.

Ich sah Jens an. »*John? Der* ist dein Bruder?«

Er nickte.

Uff. Das machte mich fertig. Noch etwas, was gegen John sprach: Ich hatte seinen kleinen Bruder geküsst und der hielt mich für seine Freundin …

Jens hielt mir die Brötchen unter die Nase. »Willst du? Extra für dich aufgehoben.« Gleichzeitig kam er mir mit seinem Gesicht gefährlich nahe.

Doch ehe etwas passieren konnte, schob sich eine Hand zwischen uns und schnappte ihm das Tablett weg. »Danke, das wäre doch nicht nötig gewesen«, flötete Dana und drückte dem verdutzten Kerl links und rechts ein Luftküsschen auf die Wange. »Aber trotzdem lieb von dir.« Sie hakte sich bei ihm unter und zog ihn ein Stück von mir weg. »Welches kannst du mir denn empfehlen? Käse, Frischkäse oder Salami? Ach, und wärst du so lieb und bringst mir noch einen Kiba dazu? Milly nimmt eine Cola – mit Eiswürfeln, bitte – und für Luzi …«

»Mineralwasser«, bestellte Luzi. »Mit Zitronenscheibe. Auf einem Extrateller.«

Dana machte eine Handbewegung, wie wenn man eine Mücke wegwedelt, und Jens trabte davon. »So, den sind wir erst mal los. Darauf sollten wir ein Brötchen essen.« Sie drückte mir und Luzi eines in die Hand.

Während wir noch Jens nachsahen, wie er abzog, fragte hinter uns jemand. »Hunger?«

Ich drehte mich um und blickte mitten in Manuels Augen. Dann erst bemerkte ich die Serviette mit zwei Blaubeermuffins darauf und das Glas mit Salzstangen. Auf einmal fühlte ich mich seltsam flatterig im Bauch und im Gehirn auch. Ich schob es auf akuten Zuckermangel. So Schokoladenaugen machen hungrig, müsst ihr wissen.

Beherzt griff ich zu. Jetzt hielt ich links ein Käsebrötchen und rechts einen Muffin in der Hand und wusste nicht, wo ich zuerst reinbeißen sollte. Ich entschied mich für abwechselnd, was insofern sehr praktisch war, dass ich immer den Mund schön voll hatte und nichts sagen musste, denn neben Leon hatte sich auch Fi zu uns gesellt, und das machte mich nervös. Blieb nur zu hoffen, dass wenigstens Jens noch lange mit unseren Getränkewünschen beschäftigt war ...

Als er sich nach einer guten Viertelstunde mit drei Gläsern wieder im Anmarsch befand, wurden gerade die Lichter gedimmt und ein Scheinwerfer richtete sich auf die Bühne. Frau Dirks tippte gegen das Mikrofon, woraufhin ein schrilles Rückkopplungspfeifen ertönte und sie einen Schritt zurückwich.

»Hui ...«, sagte sie. »Liebe Schülerinnen und Schüler, liebe Kollegen, herzlich willkommen zur Einweihungsfeier unseres Schulcafés.« Sie machte eine ausladende Handbewegung. »Wahnsinn, was ihr in den letzten Wochen geschafft habt. Es ist richtig, richtig toll geworden. Der Raum ist nicht wiederzuerkennen. Deshalb ein großes Dankeschön an alle freiwilligen Helfer, die so fleißig geschuftet und so viele tolle Ideen eingebracht haben. Vielen Dank auch an Marku– äh... Herrn Fistab, der das Projekt dadurch unterstützt hat, dass er einigen Schülern in der Endphase sogar extra ein paar Stunden freigegeben hat.«

Ich sah zum Fischstäbchen hinüber, das mit einem breiten Grinsen im Gesicht dastand. Das Lob schien ihm zu gefallen. Oder gefiel ihm etwa die Dirks?

Frau Dirks war ein wenig rot geworden. Sie fuchtelte mit den Händen in der Luft herum. »Langer Rede kurzer Sinn, hiermit erkläre ich das Schülercafé offiziell für eröffnet und taufe es auf den Namen *Lupus*. Das heißt auf Lateinisch...«

»Wolf«, erschallte es von überall her.

Sie lachte. »Genau. Der Vorschlag kommt von Svenja Schütz aus der 8c.« Damit zog sie an einem großen schwarzen Tuch, mit dem die Wand verhängt war. Erst wollte es nicht abgehen, aber nach weiterem Gezerre kam ihr das Fischstäbchen zu Hilfe, und dann segelte das Tuch herab und landete unter lautem Gelächter auf ihren Köpfen und hüllte sie ein wie ein Gespenst.

Für den Namen, der in großen knallgrünen Kreidebuchstaben an der schwarzen Wand stand, interessierte sich jetzt natürlich keiner mehr. Dafür beobachteten alle gespannt, wie sich unter dem Tuch erst an einer Stelle, dann an einer anderen eine Beule bildete, bis es dem Fischstäbchen gelang, sich und Frau Dirks zu befreien. Die beiden lächelten verlegen, wirkten ansonsten aber ganz zufrieden mit der Situation, und auf einmal fragte ich mich, ob mein Lehrer am Ende erfolgreicher gewesen war als ich und jemanden zum Knutschen gefunden hatte.

»Und jetzt gibt's was auf die Ohren«, rief das Fischstäbchen in dem Versuch, witzig zu sein, ins Mikrofon. »Ohnehirn spielt ein neues Lied für euch mit dem Titel… äh…« Während die Band auf die Bühne stürmte, sah er hilfesuchend den Sänger an.

Der nahm ihm das Mikro ab. »Vampirkuss«, rief er hinein, »eingesandt von einer geheimnisvollen Milly ohne Nachnamen und Klasse. Danke, große Unbekannte!«

Wie bitte?

Finn drehte sich zu den anderen Bandmitgliedern um und nickte der Schlagzeugerin zu, die die Drumsticks gegeneinanderschlug und einzählte. »One, two… one, two, three, four…«

Die Gitarren jaulten auf. Laut wummerten mir die Trommelschläge und Bässe in den Ohren, aber mein Herz wummerte noch lauter. *Vampirkuss?* Von einer geheimnisvollen Milly? Mir wurde heiß und kalt.

Und da kam es auch schon:

Es war an Halloween,
da traf ich ihn.
Ich war Zombie, er Vampir,
und er plötzlich neben mir.
Wir küssten uns in einer Kammer,
das war nicht Schrecken,
das war Hammer.

Finns Worte trafen mich wie ein Schlag in die Magengrube. Der Typ sang *mein* Gedicht, meine geheimsten Geheimnisse, und alle konnten es hören. Ich kam mir vor, als stünde ich in Unterwäsche da. Oder im aufgeribbelten Pulli.

Wie konnte das sein? Ich hatte den Text ganz bestimmt nicht eingereicht. Aber wer dann? Genau genommen kannten ihn außer mir nur zwei Leute. Luzi und Dana. Dana und Luzi.

Ich tippte auf Dana. Das war bestimmt wieder einer von ihren großartigen Überraschungsplänen, die alle so phänomenal nach hinten losgingen. Wahrscheinlich hatte sie meinen Text in den Briefkasten am Schwarzen Brett geworfen, damit John endlich kapierte, dass *ich* die Halloween-Zombine war, die er geküsst hatte, und dass ich ihn suchte oder so.

Mit weit aufgerissenen Augen sah ich meine beiden Freundinnen an, die neben mir standen. »Habt *ihr* meinen Text eingereicht?«, überschrie ich die Band.

Doch die beiden guckten nur mit ebenso großen Augen zurück und schüttelten den Kopf. Dana hob sogar zwei Finger zum Schwur.

Aber wer war es dann? Ich kniff die Augen zusammen, wie Mama, wenn sie angestrengt nachdenkt.

Doch seitdem läuft nur Scheiß,
ich drehe mich im Kreis.
Ich bin hier,
doch wo ist mein Vampir?

Das Fischstäbchen!, wurde mir mit Entsetzen bewusst. Natürlich! Dem hatte ich das Gedicht doch aus Versehen gemailt. Also hatte er es doch gelesen! Nicht nur das: Er hatte es sogar weitergegeben. Und jetzt wusste jeder Depp an der ganzen Schule, wie es in mir aussah… wie panne ich war. Wütend starrte ich zu ihm hinüber, wo er mit Frau Dirks am Fenster stand. Auch er sah zu mir, aber auf meinen vernichtenden Blick hin schüttelte er den Kopf und hob abwehrend die Hände, und das sah so harmlos und ehrlich erschrocken aus, dass ich ihm fast schon glaubte.

Zu allem Überfluss tauchte nun auch noch Jens neben mir auf. Nachdem er Dana und Luzi mit Getränken versorgt hatte, hatte er wieder eine Hand frei und versuchte, mir den Arm um die Schultern zu legen.

Das war der Moment, in dem es mir so was von reichte. »Mann, ey, Flossen weg!«, fauchte ich. Wie von der Tarantel gestochen wirbelte ich herum und holte aus, um ihm eine zu klatschen, da drängte sich jemand zwischen uns und drückte mir einen Schmatz auf die Wange.

Es war Manuel. »Sorry«, schrie er in Jens' Richtung, »aber Milly hat schon einen Freund, klar?« Und damit nahm er mich an der Hand, schob den verdutzten Jens zur Seite und wollte mich mit sich ziehen.

Doch Jens stellte sich uns in den Weg. »Moment mal! Das sehe ich aber ganz anders. Milly hat mich schließlich geküsst.«

»Das war ein Versehen!«, schrie Luzi und stemmte die Hände in die Hüften.

»Genau!«, brüllte Leon und baute sich hinter Luzi auf.

Und Dana fügte noch hinzu: »Du Schnarchnase!«

Ich sah von einem zum anderen. Plötzlich hatte ich Tränen in den Augen. Es war mir alles zu viel. Bei dem ganzen Tumult duckte ich mich unten durch und machte mich aus dem Staub. Ihr wisst schon: immer auf der Flucht und so.

I am Miss Kiss looking for Mister Biss, hauchte Finn hinter mir ins Mikro.

Halb blind stolperte ich zu der großen Kastanie auf dem Schulhof. Auch wenn hier tagsüber das Leben tobte, so war es jetzt eine relativ abgelegene, unbeleuchtete Ecke. Wie die Dinge doch anders aussahen bei Nacht.

Ein kalter Wind fegte über den Hof und ließ die kahlen Zweige über mir hin und her schwanken. Fröstelnd schlang ich die Arme um mich, setzte mich auf die Lehne der Bank und blickte mich um. Vielleicht kam der Vampir ja wirklich und der Fischstäbchenplan ging auf?

Doch es war nichts zu sehen. Nur die dunkle Turnhalle ragte hinter mir auf und neben mir raschelte es in ein paar Büschen, die den Pausenhof vom Lehrerparkplatz trennten.

Auf einmal huschte ein Schatten auf mich zu, und ich fiel vor Schreck fast von der Lehne, als ein schwarzes Fellknäuel auf meinen Schoß hopste. Eine Katze. Ich betrachtete sie genauer: weiße Vorderpfoten. War ja klar. Aber schön warm wie eine Wärmflasche war sie, als sie sich auf meinem Schoß zusammenkuschelte, und ihr Schnurren spürte ich durch meine Jeans bis auf die Haut. Wie von selbst griffen meine Hände in ihr weiches, seidiges Fell und streichelten sie. Die Kacktze war gerade mein geringstes Problem. Nachdenklich kraulte ich sie hinter den Ohren und ihr Schnurren steigerte sich auf Staubsauger-Niveau und das beruhigte mich und meine wirbelnden Gedanken ein bisschen.

Wer hatte mein Gedicht geklaut und als Songtext weitergegeben? Vielleicht war es ja doch Dana gewesen. Vor der war nichts sicher. Andererseits: Dann hätte sie mich vorhin eiskalt angelogen und das traute ich ihr irgendwie doch nicht zu. Für Luzi legte ich meine Hand ins Feuer. Egal, wie ich es drehte und wendete, es blieb nur das Fischstäbchen. Angenommen, mein Vampir würde sich jetzt bei mir melden … und angenommen, ich würde wirklich mit ihm zusammenkommen, dann … Ich schluckte. Genau: Dann wären wir von einem *Lehrer* verkuppelt worden. So was konnte echt nur mir passieren. Allein bei der Vorstellung sträubten sich mir die Haare im Nacken so hoch wie das Fell der Kacktze.

»Der kann echt was erleben!«, murmelte ich vor mich hin.

»Wer?«

Mussten sich immer alle so anschleichen? Mein Herz klopfte schneller. War es John, mein Vampir? Ich riss den Kopf hoch. Nein, nur Manuel. Mein Herz wollte sich trotzdem nicht beruhigen und schlug einen Trommelwirbel nach dem anderen, während er sich neben mich auf die Lehne der Bank schob.

»Geht's immer noch um diesen Jens?«, hakte er nach.

Ich schüttelte den Kopf. »Nein. Aber danke, dass du mich vor der Nervensäge gerettet hast.«

»Gern geschehen.« Er schwieg einen Moment und

begann, ebenfalls die Kacktze zu kraulen. Dann räusperte er sich. »Schöner Song übrigens. Und der Text ist toll. Danke.«

Ich sah ihn von der Seite an. Wieso bedankte er sich? Wollte er mich verarschen? Ich beschloss, nichts dazu zu sagen, und streichelte schweigend die Kacktze weiter. Als unsere Hände sich berührten, zuckte ich zurück, als hätte ich mich verbrannt. Ein Kribbeln fuhr mir von den Fingerspitzen bis in den Bauch.

»He, du bist ja ganz kalt«, sagte Manuel. Er zog seine Jacke aus und legte sie mir um die Schultern.

Ich runzelte die Stirn. Es war ja nett gemeint und so, aber irgendwie passte es mir nicht. Was, wenn John jetzt kam und mich hier so sah. Manuel schreckte doch den coolsten Vampir ab. Ich musste ihn loswerden. Glücklicherweise war Jungsvergraulen mein Spezialgebiet.

»Finde ich jedenfalls gut, dass du dich getraut hast, deinen Songtext einzusenden«, griff Manuel den Faden wieder auf.

Meine Miene verfinsterte sich noch weiter. »Den hat wahrscheinlich das Fischstäbchen eingereicht«, murmelte ich düster. »Wie kommst du darauf, dass ich so was Schwachsinniges tun würde? Vor allen Leuten diese Geschichte mit dem Halloween-Kuss breittreten.« Es regte mich alles so unglaublich auf. Dass er Bescheid wusste, dass so ziemlich alle Bescheid wussten, dass er nicht abschwirrte. Wütend kraulte ich die

Kacktze, bis sie laut miaute. »Oh, 'tschuldige, Mieze.« Ich holte tief Luft. »Du, Manu, das ist echt nett mit der Jacke und dass du mich vor Jens gerettet hast, aber … könntest du jetzt wieder gehen? Weil vielleicht Jo … äh … der Vampir noch kommt.« Es war ein merkwürdiges Gefühl, einfach die Wahrheit zu sagen, aber nicht direkt schlecht.

Doch statt zu gehen, kam er näher. »Und was willst du von dem?«

Das Schokoauge war echt schwer von Begriff. »Noch einen Kuss«, sagte ich ganz offen. Warum auch nicht? Nach dem Auftritt von Ohnehirn gab es keinen Grund mehr, es zu leugnen.

»Das muss ein sehr schöner Kuss gewesen sein«, sagte Manuel leise, und ich spürte, dass er mich ansah.

Ich seufzte. »Ja, stell dir mal vor. Obwohl, das kannst du dir wahrscheinlich gar nicht vorstellen. Auf jeden Fall hätte ich so einen gern noch mal.«

Sein Gesicht war ganz knapp vor meinem und seine Schokoaugen wirkten in der Finsternis fast schwarz. »Okay«, sagte er.

Plötzlich streichelte er nicht mehr die Kacktze, sondern fuhr mit seinem Daumen über meinen Handrücken. Es bitzelte in meiner Hand und den ganzen Arm hinauf. Und dann beugte er sich vor und berührte mit seinen Lippen ganz zart meinen Mund.

»So ungefähr?«, flüsterte er.

Doch ich konnte nicht antworten, denn er zog mich

an sich und seine Lippen waren schon wieder auf meinen – fester diesmal und warm und weich und wunderbar … Tja, so kann man sich irren. Bei Menschen und bei Katzen. Die Kacktze war gar nicht so doof und Manuel hatte doch Ahnung vom Küssen, jede Menge sogar …

An dieser Stelle brachen meine Gedanken ab und ich spürte nicht mehr die Kälte und hörte nicht mehr das ferne, dumpfe Wummern des Schlagzeugs. Auf einmal war mir, als stünde ich im Sonnenschein auf einer Wiese und um mich herum summten Bienen und Schmetterlinge flatterten einfach durch mich hindurch und drehten in meinem Bauch ein paar Extrarunden. Manuel schmeckte nach Blaubeermuffin und Gummibärchen und einfach nur gut. Unser Kuss ging weiter und immer weiter und auf einmal spürte ich tief in mir drin wieder dieses Sommer-Sonne-Gänseblümchengefühl.

An dieser Stelle setzten meine Gedanken schlagartig wieder ein, und ich rückte so abrupt ein Stück von ihm, dass die Katze mit einem Fauchen von meinem Schoß sprang.

»*Du!*«, keuchte ich und starrte ihn an. »*Du* warst das!«

»Was?«, fragte er, doch er grinste so breit, dass mir klar war, dass ihm klar war, was mir gerade eben erst klar geworden war. Alles klar? Oh Gott, mein Gehirn war ein einziges Knutschelmuddel.

Mein Herz pochte laut und holprig und aufgeregt. »Warum hast du das nicht gleich gesagt, dass du mein Vampir bist?«

»Nachdem du mich am Montagmorgen darauf gleich voll zur Sau gemacht hast, weil ich dich auffangen wollte, als du vom Baum gefallen bist?«

»Aber …« Ich verstummte.

»Und dann warst du mit diesem Kerl aus der Achten zusammen. Diesem Jens.«

»Der hat mich doch nur verfolgt …«

»Inzwischen habe ich das ja auch kapiert.« Er streichelte mir über die Wange. »Hat's bei dir inzwischen auch *klick* gemacht?«

Ich schüttelte den Kopf. Es war ein Wunder, dass er sich nicht einfach eine andere zum Küssen gesucht hatte. »Ich bin so panne«, murmelte ich.

Manuel legte wieder den Arm um mich. »Ach Quatsch. Jedem passiert mal Mist.«

»Aber mir ständig.«

»Na und?«, sagte er und lachte.

Ist es nicht erstaunlich, dass man panne sein kann und die anderen mögen einen trotzdem? Ich sah ihn an, und er sah mich aus seinen schönen Schokoladenaugen an, und auf einmal war es nicht mehr so wichtig, ob mir peinliche Sachen passierten oder nicht.

»Ich find dich gut. Genau so, wie du bist«, flüsterte er mir ins Ohr. Und da musste ich schlucken und mir wurde ganz flatterig im Kopf und warm im Bauch und es zog mir bis ins Herz und ich küsste ihn schnell wieder.

Plötzlich kicherte es ganz in der Nähe im Gebüsch. Und obwohl es fast so stockdunkel war wie in der Kammer des Schreckens, hätte ich, als ich ganz kurz ein Auge öffnete und hinüberspähte, schwören können, einen Lockenkopf zu erkennen und große, runde blaue Augen funkeln zu sehen.

Ich kniff mein Auge wieder zu. Wie es aussah, hatten wir Zuschauer. Und wie es außerdem aussah, war es mir überhaupt nicht peinlich.

15. Kapitel

…in dem noch eine Überraschung für mich vor der Tür steht

Als ich am nächsten Morgen mit Papa, Mama, Ole und Bruno beim Frühstück saß, klingelte es an der Tür. Hoffentlich nicht Manuel!, war mein erster Gedanke. Hektisch sprang ich vom Tisch auf und rief: »Ich gehe schon!«

Mit wackeligen Knien öffnete ich die Haustür, lugte hinaus – und erstarrte.

Neben einem silbergrauen Geländewagen, der auf dem Gehsteig vor unserem Haus parkte, stand Fi im Nieselregen, die Kapuze auf dem Kopf. Einen Moment lang sahen wir uns schweigend an, dann räusperte sie sich. »Ich muss dir was sagen.«

Ich war dermaßen perplex, dass ich nicht mal mein obligatorisches *Hä?* rausbrachte.

»Das mit dem Songtext…« Sie zögerte und betrachtete eingehend die Gehsteigplatten. »… das war ich.«

Ich starrte sie an. »Du?«

Sie nickte.

»Aber … du kanntest das Gedicht doch gar nicht.«

Sie wiegte den Kopf hin und her. »Ich habe es heimlich von Danas Handy abfotografiert. Aber die hat nichts damit zu tun.« Sie grinste mich schief an, doch ich sah, dass sie unsicher war.

Mein Gehirn war ein einziges großes Fragezeichen. »Warum?«

»Na ja, weil wir Freundinnen sind?«

Freundinnen? »Das hat sich aber nicht so angefühlt in den letzten Wochen.«

Fi vergrub die Hände in den Jackentaschen. »Für mich auch nicht. Ich war stinksauer auf dich, das kannst du mir glauben. Trotzdem … Ich wollte, dass mit dem ganzen Vampirquatsch endlich Schluss ist.«

Ich starrte sie noch immer an und fragte schon wieder: »Warum?«

»Warum?«, wiederholte sie. »Weil jemand anders auf dich steht. Und der ist viel besser als dieser blöde Vampir.«

»Jens?«, schrie ich und meine Stimme überschlug sich fast.

»Unsinn.« Sie schüttelte den Kopf, dass ihr die Kapuze herunterrutschte. »Aber du kriegst das gar nicht mit vor lauter Mister Biss.« Ihre Stimme wurde ebenfalls lauter. »Ja, guck nur fragend.«

Und das tat ich auch. Irgendwie verstand ich das

alles nicht. Wer stand denn *noch* auf mich? Und war Fi jetzt sauer oder nicht? Und wenn sie sauer war: War sie *immer noch* sauer oder *schon wieder*? War es wegen der Lügerei oder wegen meiner Mister-Biss-Besessenheit? Ich blickte nicht mehr durch. Weder bei ihr noch bei mir. Denn es stellte sich *noch* eine Frage, nämlich: Was war ich? Ich meine nicht, eine Sechstklässlerin oder die größte Panne aller Zeiten oder so (das war ich ohnehin), sondern was war ich Fi gegenüber? Wie stand es zwischen uns? Einerseits hatte ich ganz schön was ausgefressen, andererseits hatte auch sie ganz schön was ausgefressen. Weil, ein Geheimnis weitertratschen ist auch nicht viel besser als lügen.

Ich funkelte sie über die fünf, sechs Meter Entfernung von der Haustür zum Gartentor hinweg an. »Du kannst doch nicht einfach meinen Text einreichen, ohne mich zu fragen. So was machen gute Freunde nicht. Das ist…« Ich suchte nach Worten. *Kacke!* Ich suchte nach besseren Worten. »… was sehr Persönliches.«

In diesem Augenblick bog Frau Rauschmann um die Ecke. Nur wenige Meter von Fi entfernt blieb sie stehen und ließ ihren Bingo extralang an der Straßenlaterne schnüffeln, damit auch sie rumschnüffeln konnte.

Aber nicht mit mir. Ich drückte auf den Summer für das Gartentor und winkte Fi zu mir rauf.

Während Bingo und sein Frauchen enttäuscht abzogen, rang Fi die Hände. »Ich habe es nur gut gemeint«, erklärte sie. »Echt, ich wollte nichts Böses, okay?«

»Ich doch auch nicht!«, rief ich und stemmte die Hände in die Hüften. »Ja, ich hab gelogen. Und ja, das war total blöd. Aber ich wollte doch auch keinem was Böses. Das … das war nicht lügen, um jemanden zu bescheißen, sondern lügen, um nicht selbst beschissen dazustehen!«

»Lügen ist trotzdem scheiße!«, beharrte Fi.

»Nur mit jemandem befreundet sein wollen, weil er einen älteren Freund und massig Erfahrung hat, ist auch scheiße!«, schrie ich zurück. Ich hasse streiten – also außer mit Ole, das ist eher Sport. Meine Beine fühlten sich so zittrig an, wie Fis Unterlippe aussah. Aber jetzt war ich in Fahrt, wie ein Zug, der sich nicht mehr aufhalten ließ. Sie wollte die Wahrheit? Dann sollte sie die Wahrheit kriegen. »Ihr habt mich doch in diese Ecke gedrängt, von wegen saucool und supererwachsen. Dabei bin ich genau das Gegenteil. Und wenn du nur mit perfekten Leuten befreundet sein willst, mit welchen, die nie Mist bauen und nur den ganzen Tag rundum toll sind, so wie Dana oder du oder … was weiß denn ich, dann passen wir nicht zusammen. Weil, ich bin nicht cool und …«

Auf einmal wurde Fis Gesicht weicher und in ihren Augen glitzerte es verräterisch. »Nein«, schnitt sie mir das Wort ab, »cool bist du nicht, aber du bist witzig und chaotisch und auf deine uncoole Art irgendwie total obercool!«, schrie sie mich an.

Ich deutete mit dem Zeigefinger auf sie und stach in die Luft. »Und du bist voll die … « Ich stockte. »Was hast du gesagt?« Ich ließ den Arm sinken. Auf einmal war alle Luft aus mir raus.

Aus Fi anscheinend auch. Ihre Nase funkelte schwächlich. Dann streckte sie mir zögernd die Hand hin. »Friede?«, fragte sie, genau wie Bruno immer, wenn wir uns gestritten haben.

»Friede«, sagte ich und nahm ihre Hand. »Und Freunde – also wenn du magst.«

Fi lächelte mich an. »Natürlich mag ich. Und wie! Weißt du, irgendwann war ich gar nicht mehr so wütend, aber da hast du dich nicht mehr gemeldet. Und irgendwie … keine Ahnung.« Sie zuckte die Schultern. »Ich konnte ja schlecht hingehen und mich bei *dir* entschuldigen.«

Ich zuckte auch die Schultern. »Also *ich* hätte deine Entschuldigung jederzeit angenommen.«

Und dann mussten wir lachen und Fi boxte mir gegen den Arm. »Hast du eigentlich noch ein bisschen Zeit?«, fragte sie, und als ich nickte, machte sie ihrer Mama ein Zeichen, dass sie fahren konnte, und kam mit rein. Und die Rücklichter verschwanden im Novembernebel, aber Fi war da.

Wir gingen rauf in mein Zimmer, das nicht mehr annähernd so schick war wie bei der Party. Ich hatte Oles coolen Standspiegel, die Fantasyromane und Comics wieder zurückgeben müssen und vor zwei Tagen hatte Mama die Pu-der-Bär-Bettwäsche aufgezogen.

Doch Fi schien es gar nicht zu bemerken. Sie setzte sich mitten auf Pus Kopf und biss sich auf den Daumennagel. »Du, sag mal…«, setzte sie an. »Ähm… ich hätte dir ja gleich gestern Abend die Wahrheit gesagt wegen dem Songtext, aber ich wollte nicht im Weg sein, falls sich der Vampir wirklich zu erkennen gibt.« Sie sah mich abwartend an.

Ich ließ mich in den Sitzsack ihr gegenüber plumpsen und lächelte nur. Das hatte ich von Bastian gelernt.

Irgendwann hielt sie es nicht mehr aus und stupste mich mit ihrer großen Zehe am Fuß an. »Und? Hat er?«

Da hielt ich es auch nicht mehr aus. »Und wie!«

»Heißt das, ihr seid jetzt zusammen?« Sie klang irgendwie seltsam, fast enttäuscht. »Wer ist es denn?«

»Manuel«, sagte ich feierlich.

Fi schüttelte den Kopf. »Kann nicht sein, der ist ja nicht in der Mittelstufe.«

»Ich ja auch nicht«, gab ich zurück.

Da begann sie zu lachen.

»Was ist daran so lustig?«, fragte ich.

Fis Lachen wuchs sich zu einem Kicheranfall aus, und es dauerte eine Weile, bis sie wieder Luft bekam.

»Weil…«, japste sie, »weil Manuel auch der heimliche Verehrer ist, den ich mir so gut als Freund für dich vorstellen konnte.«

In diesem Moment hallten heisere Geierschreie durch mein Zimmer und kündigten eine SMS an. Sie war von Manuel. Er wollte mich am Nachmittag besuchen kommen. Oh-oh.

»Du, Fi?«, fragte ich. »Was soll ich denn mit dem machen?«

Fi schüttelte den Kopf und grinste. »Keine Ahnung. *Du* bist doch die Expertin in Sachen Liebe!«

Und dann lieferten wir uns erst eine Kissenschlacht und schrieben hinterher Luzi und Dana eine SMS, ob sie vielleicht eine Idee hatten.

»Kino«, antwortete Dana.

»Eis essen«, simste Luzi.

»Mikado spielen«, meinte Paps, als ich später beim Mittagessen meine Umfrage fortsetzte, woraufhin Mama so lachen musste, dass sie sich an ihren Nudeln verschluckte.

»Knutschen«, meinte Ole, und da verschluckte sich auch Paps.

»Schnecken pflegen«, krähte Bruno in Papas und Mamas Hustenanfall hinein.

Und das fand ich in Kombination mit Oles Vorschlag gar nicht so übel.

© Fotostudio R&R

Eva Hierteis, geboren 1972, studierte in Erlangen Germanistik, Anglistik und Pädagogik. Nach dem Studium volontierte sie in einem Jugendbuchverlag und arbeitete viele Jahre als Lektorin. 2005 machte sie sich als Autorin und Übersetzerin selbstständig. Sie lebt mit ihrer Familie in Nürnberg.

Eva Hierteis

Miss Kiss
und die Sache mit dem Küssenmüssen

ca. 126 Seiten, ISBN 978-3-570-17428-9

Um Milly, elf Jahre, elf Monate und elf Tage, ist das Kussfieber ausgebrochen: Ihre beste Freundin küsst Leon, ihre ärgste Feindin küsst, was ihr in den Weg kommt, ihre Mutter küsst den Falschen und ihr Hund küsst sowieso jeden, noch dazu mit viel Zunge. Milly hat echt genug. Bald ist sie zwölf und immer noch ungeküsst – das geht doch nicht! Ein Kuss muss her. Fragt sich nur, wie, wo, wann und vor allem von wem. Bücher, Zeitschriften, Fernsehen und ein unsagbar peinliches Gespräch mit ihrem Vater bringen sie nicht weiter. Also fasst Milly einen Plan. Unter dem Decknamen Miss Kiss gibt sie eine Anzeige im Szenemagazin der Stadt auf. Aber was dann passiert, stürzt Milly in die größte Katastrophe ihres Lebens.

10371

cbj

www.cbj-verlag.de